浙江少年文学新星丛书·第九辑

海飞 主编

灿若烟花

〈张景贻 著〉

浙江工商大学出版社
ZHEJIANG GONGSHANG UNIVERSITY PRESS

·杭州·

图书在版编目（CIP）数据

灿若烟花 / 张景贻著. — 杭州：浙江工商大学出版社, 2022.12

（浙江少年文学新星丛书 / 海飞主编. 第九辑）

ISBN 978-7-5178-5313-8

Ⅰ.①灿… Ⅱ.①张… Ⅲ.①中国文学－当代文学－作品综合集 Ⅳ.①I217.2

中国版本图书馆CIP数据核字（2022）第246679号

灿若烟花
CAN RUO YANHUA

张景贻　著

责任编辑	沈明珠
责任校对	都青青
封面设计	潘　洋
责任印制	包建辉
出版发行	浙江工商大学出版社
	（杭州市教工路 198 号　邮政编码 310012）
	（E-mail：zjgsupress@163.com）
	（网址：http://www.zjgsupress.com）
	电话：0571-88904980，88831806（传真）
排　版	红羽文化
印　刷	杭州高腾印务有限公司
开　本	880mm × 1230mm　1/32
印　张	6.75
字　数	98 千
版 印 次	2022 年 12 月第 1 版　2022 年 12 月第 1 次印刷
书　号	ISBN 978-7-5178-5313-8
定　价	49.80 元

作者简介

张景贻，女，2005 年 5 月出生，浙江省青少年作家协会会员，现就读于浙江省台州市洪家中学。自幼熟读《论语》《老子》《大学》《中庸》等国学经典，为日后的文学创作打下了扎实的基础。爱好广泛，尤其擅长绘画和手工制作。其绘画作品，无论是素描、水笔画、钢笔画、儿童画，还是卡通画，都具有较为深厚的功底，并屡屡获奖。手品制作也是清新脱俗、别具一格。求学期间，追求文学创作上的"苟日新、日日新、又日新"，积累了较多颇具特色的文学作品，并多次在中国写作学会等单位组织的各类征文大赛中获奖。

高中啦

思——
　　索

晨—读

手工DIY
风车屋

海洋音乐会

哪吒

by 星叁梦柒
to 鲇阳霄

少年行

生机

窑语
酒阁

荷趣

虎头鞋

虎头鞋—写生—张景 贴画

辛2010日16月8（岁8）

获得荣誉

奖 状

五(2)班 张景贻 同学在"2016年校园科技文化艺术节"活动 现场绘画 比赛中荣获 二 等奖。

特发此状，以资鼓励。

椒江区实验小学
2016年4月16日

奖 状

六（2）班 张景贻 同学被评为椒江区实验小学2016届"优秀小学毕业生"。

特发此状，以资鼓励。

椒江区实验小学
2017年6月

荣誉证书
HONORARY CREDENTIAL

X(4)班 张景贻 同学在 2017 学年第二学期表现优异获 三好学生 ，特发此证，以资鼓励。

台州市白云中学
2018年7月2日

奖 状

张景贻同学：

在2019年椒江区"给妈妈的一封信"主题征文中荣获初中组三等奖。
特发此证，以资鼓励！

椒江区妇女联合会　　椒江区教育局

2019年6月3日

教育部批准文号：春基厅函(2020)23号

荣誉证书
HONORARY CERTIFICATE

张景贻 同学：
荣获第十四届全国中学生创新作文大赛 浙江赛区初赛

叁等奖

Congratulations on your winning!
National Creative Composition Competition
for Secondary School Students

二〇二一年三月

教育部批准文号：鲁蓝签厅函(2021)7号

荣誉证书
HONORARY CERTIFICATE

张景贻 同学：
荣获第十五届全国中学生创新作文大赛 浙江赛区初赛

贰等奖

Congratulations on your winning!
National Creative Composition Competition
For Secondary School Students

证书编号：ZW2021411383092
二〇二二年二月

教育部批准文号：鲁蓝签厅函(2021)7号

荣誉证书
HONORARY CERTIFICATE

张景贻 同学：
荣获第十五届全国中学生创新作文大赛 浙江赛区决赛

叁等奖

Congratulations on your winning!
National Creative Composition Competition
For Secondary School Students

证书编号：ZJA2022300737
二〇二二年五月

第二届國際 "成長心語" 日記畫邀請賽

Second International "Language of Heart" Diary Drawing Contest

Silver
銀 獎

张景贻

We sincerely congratulate you at Second international "language of Heart" diary drawing award, and we are looking forword to seeing you making new achievements in the future.

The Drawing Research
Network Canada

国际成长心语日记画
大赛组委会

2011. 07.

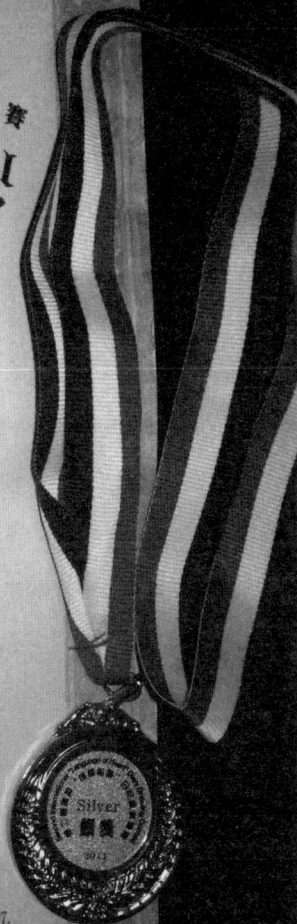

作品简介

　　《灿若烟花》是张景贻的个人作品集，记录了她从小学到高中时期所创作的文言文、古体诗、现代诗、小小说、杂记以及各类文学书籍的读后感和电影的观后感。她的作品，既有对身边人物的细腻描写，也有对社会现象的理性思考，更不乏作为华夏儿女的家国情怀。细细品之，回味无穷。

自序

　　生命是一趟充满未知的旅程。彳亍于这一趟单向的旅程之中，总是会与各色各样的风景不期而遇，也因此会撞击出种种思想的火花。将这些火花拼接在一起，便有了烟花般的绚烂。

　　小学之前的生活是十分纯真的，一切从心而行，行己即忘，甚至都记不起某一处属于那个年代的心灵印记，或许这就是生命的底色吧。

　　进入小学，开始与形形色色的课本、文具、作业、试卷以及品貌性情迥异的老师、同学有了诸多的交集。好在那时的作业还不算多，考试的压力也不大，学习成绩虽谈不上拔尖，倒还说得过去，在老师和父母的口中眼里堪堪地树立起了"好学的乖孩子"形象。至于是不是真的好学真的乖，反正我是回答不上来的，我也不关心这些。我关心的是学习之余的闲暇时光，可以与小伙伴们一起玩乐，也可以追随父母去领略各地的风土人情，其间偶有一些奇思妙想，便提起陌生的笔杆子，用充满稚气的语言懵懵懂懂地写下了《泳池历险记》《一块碎玻璃的蜕变》《一幅图画引发的争端》《泡泡糖风波》《救小兔》等童年记忆。

到了初中阶段，随着学习环境与周围人群的改变，交往的热情悄然提升，不仅与同班同学打得火热，同年级乃至于高年级的不同班级、课外辅导班里，都有我认识和说得上话的同学。与她们漫无边际地交流，既开阔了我的视野，也感受到了不同个体所呈现出来的人性光芒。《我的"怪人"同桌》《风师女神》《眼见不一定为实》《我的自画像》等都创作于这一时期。初中也是我独立思考能力逐渐养成的阶段。面对纷繁复杂的人生百态，我开始主动去思索生活中的 WHAT、WHY、HOW……，并尝试着去构建自己的观点，于是便有了《不忘初心》《为人应外谦内狂》《生而为人，当不负韶华》《不伤人前提下的利己》《如果不是这样，该多好》等篇章。

初中时期，我写了一首现代诗《我愿》，投稿到学校自办的刊物，结果顺利地得以刊登。这对我是一个极大的激励，因为这是我的诗稿第一次被录用，之后就陆陆续续地积累了十余篇诗稿。后来，椒江区妇联与教育局联合发起"给妈妈的一封信"主题征文比赛，我撰写了《给祖国母亲的一封信》并幸运地获得了三等奖，我的创作热情愈发高涨了。

到了高中，各类议论文的写作成了课堂内外的家常便饭，《当好新征程路上的"赶考者"》《中国，正变得越来越好》《文化交融舞出美好未来》《走好"扶贫"路，点燃中国梦》等文章都是写于这一时期的，其中《以赤子之心书写时代答卷》在洪家中学纪念"建党100周年"政治小论文中获得校级三等奖。高中阶段，根据语文老师的要求，我也撰写了一些书目的读后感和电影的观后感，诸如《照耀中国大地的红星》《真实的童话》《一场镜花水月般的奇幻之旅》《像鲁滨孙一样去战斗》《命运的抗争》《跋扈骄悍的夏金桂》，以及《难忘那一场悲壮惨烈的战争》《两个非凡少年的别样人生》，等等。在积累了一定的古文阅读量之后，我也摸索着以文言文形式练习写作，于是《风信子》和《游雁荡山》便应运而生。这一时期，我也尝试着参加了一些规格较高的中学生作文比赛并有所斩获。其中，《仪式，让生活充满光明》获得第十四届全国中学生创新作文大赛浙江赛区初赛三等奖，《皮皮太空游记》获得第十五届全国中学生创新作文大赛浙江赛区初赛二等奖，《活着》获得第十五届全国中学生创新作文大赛浙江赛区决赛三等奖。

　　经过这些年来的沉淀，写作之于我，已然成为生命中不可或缺的一部分。有人说：生命就如同一条流向未来的长河，凡是过往，皆为序章。我要说：写作，如同夜空中升起的烟花，无论记录的是喜还是悲，是苦或是乐，绽放出来的皆是迷人的光耀。有人说：天作棋盘星作子，何人敢下？我要说：笔为犁头纸作田，我就敢耕。路漫漫其修远兮，生命不息，笔耕不止。吾愿以这些色彩斑斓的烟花，去筑就生命的气象万千！

　　是为序。

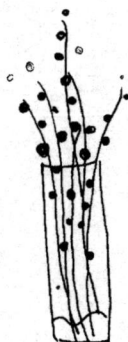

目录

文—言—文

风信子

　　春归大地，万象更新。某日突发心思，欲栽新苗以适佳期。乃于购物网站搜寻，得风信子种球三枚。依卖家所述，剪枯根、入水盆、除菌害已，移于曲颈玻璃瓶内培植，添营养液数滴。事毕，静候佳音。

　　不日，两相状饱满之大种球相继出根，新芽嫩叶亦陆续长成，渐成气候，长势喜人。唯一外相枯小之种球迟迟未见动静，不免狐疑：此或是不良商家以坏充好、凑数牟利之伎俩耳！遂弃置此小种球于一旁，不存期望。

　　大种球持续长壮、抽穗、出苞……一外形略小之种球率先示瑞，粉色小花次第绽放，花团锦簇，雍容华贵；馨香绕梁，半旬不散。

　　有此先例，遂移另一外形至大至壮之种球于教室，以期与同窗共享盛景。此株亦日渐长成，紫花纷纭。奈何壮实有余，而茎穗不正，弯弓曲背；芳香难觅，庸庸碌碌；花簇即开即败，不日即告颓蔫。忽忆古人名言"金玉其外，败絮其中"，不免大失所望。

未经意间再睹弃置之小种球，竟亦随日月萌出新意：根叶虽无谓繁茂，却也节节向上，不失初心。待至新苞怒放时，一丛金黄喷薄而出，清新脱俗、淡雅从容、芳香四溢……美好之状，言语竟莫能触及万一。

是故有志者，事竟成；无志者，便纵有万般优越，亦难成其事。今之学人，生逢盛世，境遇较之古人已不可同日而语，而成就者稀。何也？志不坚矣！或曰：吾家贫于他人，无课余外教相辅；或曰：吾天资不足，再学亦是徒劳；或曰：吾诸事不顺，无心向学……诸如此类，不一而足。诚然，败者总有千般理，成者只一不渝志。君不见：孙康、匡衡、苏秦家徒四壁，或囊萤映雪，或凿壁偷光，或悬梁刺股，彻夜苦读，终成大事。司马光幼时诵书每每迟于同窗，遂以圆木为枕，木离身则起身攻读，后撰《资治通鉴》。陈子昂年十八犹未知书，后慨然立志，专精文典，一举成才。曾国藩三岁尚不能言，二十好几方中秀才，后自强不息，终成立功、立德、立言"三不朽"

之奇才。更遑论仲尼厄而作《春秋》，文王拘而演《周易》，屈原放逐而赋《离骚》，左丘失明厥有《国语》，孙子膑脚而修《兵法》，大抵圣贤发愤之所为作也。世间不如意事十有八九，而有志者凭乎其"不达目的不罢休""不至长城非好汉"之坚定信念，迎难而上，百折不回，自能守得云开见月明，此亦天道酬勤之定理也！

　　呜呼！成之于败，岂表相所能臆断哉？

游雁荡山

公元二○二○年，岁在庚子，余随父母同游雁荡山。雁荡山者，东南第一山也，享誉"海上名山，寰中绝胜"，因秋雁每栖于主峰雁湖岗之芦苇荡而得名。全山有景点凡五百余处，犹以灵峰、灵岩、大龙湫最负盛名，并称"雁荡三绝"。山中奇峰怪石林立，飞瀑流泉随见；古洞畸穴，幽深莫测；雄嶂胜门，虎踞关隘；翠枝碧潭，相映成趣。可谓"十步一景，百步一绝"。于此佳境胜地，吾等三人游兴盎然，或登高处而小天下，或临清风而抒情怀，指点江山，激扬文字，揽时势于唇齿，集古今于方寸。一石一水，一花一木，悉足以赏心悦目，亦堪以借题发挥。

夫人之秉性，喜好不同。或好乐经典，悟理于书房之内；或寄情自然，游乐于身形之外；或埋头苦干，奉献于几案之中；或广交好友，应酬于杯盏之间。虽取舍迥异，静躁各殊，于其所遇所得，无不乐在其中，竟不知老之将至。及至事过境迁，沧海桑田，徒留感慨而已矣。世事变易无常，好景终难长久。云何于变易幻灭之中明其不变，了其生灭？则见仁见智，自有不同。

华夏文明源远流长。古之圣贤：三皇五帝、孔孟老庄、朱子阳明……或言传身教，正己化人；或中流击水，力挽狂澜，铸就大国钢铁长城。今之国人，宜应继绝学、开太平、扬国威、树自信。

道不远人，人有离道。汝顺或逆，道即在彼处，不迎不拒；汝毁或誉，道即在此处，不悲不喜。倘能改吾过，正己身，于闹处得静，于静处得真，如《大学》所教"修齐治平""止于至善"，庶几无憾矣！

古——诗

游刘基故里

驰骋纵横数十载，

妙计恒沙定中原。

马槽臼磨今犹在，

几度残阳映珂雪。

百丈漈

天堤中断一线开，

白龙腾跃出沧海。

不知素缟谁垂下，

一波三折日边来。

廊桥遗梦

一桥飞架两青山，
过河赏戏贸小摊。
昔日繁华尽褪却，
徒留木廊观人间。

白云阁

白云山上一高楼，
气定神闲舒眼眸。
坐看风起与云涌，
了无牵挂在心头。

游亭旁红色基地

三门亭旁地虽小，

浙江红旗第一飘。

多年之前众青年，

揭竿而起抗残暴。

敌强我弱浑不顾，

鲜血可洒头可抛。

中华儿女多奇志，

敢叫旧序换新貌。

奋斗精神永不老，

薪火相传至今朝。

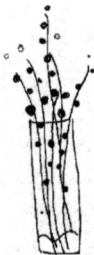

咏仙居杨梅

毕竟仙居四月终，

佳果不与八方同。

唇齿芬芳源何处?

万绿丛中点点红。

石塘渔港

石塘原是一港湾，

避风遮雨此处安。

海天一色尽湛蓝，

大小岛屿缀其间。

登高远眺凭圆栏，

悠然漫步金沙滩。

观海何须惊涛岸，

风平浪静最恬淡。

中秋月

月到中秋分外明，
月下人儿泪盈盈。
登高望远思故人，
愿得相聚品月饼。

蜡梅

小小一株蜡梅花，
独倚墙角伸枝芽。
春色满园君默衬，
争奇斗艳不关咱。
萧瑟风中汝毅立，
皑皑雪间吐芳华。
不为锦绣人人夸，
只沁暗香至天涯。

台风之后

昨夜狂风四起，
吹折枝叶满地。
未几碧空澄霁，
依旧风和日丽。

现—代—诗

让躁动的心回归平静

不知道起于何时

岁月的步伐变得如此匆匆

也不知道始于何处

人们的神情变得这般躁动

街道上人潮汹涌你追我赶

争先恐后浑身是胆

人际面红耳赤火气难按

地盘面前或护或犯

课堂内试卷教辅堆砌成山

练习不辍挥雨如汗

课堂外辅导机构星罗棋布

利字当头成效难辨

在一次次的争分夺秒中

在一场场的较劲较量间

平静的心情变得澎湃

安详的面容变得难看

亲密的情感变成羁绊

亮丽的风景变得暗淡

认清真相把握好分寸

张弛有度才可以自在任运

不偏不倚过度犹不及

不卑不亢还需要守中不移

远离躁动回归平静

才能洞悉万象的乾坤

远离躁动回归平静

方能叩开成功的大门

远离躁动回归平静

乃能欣赏沿途的美景

远离躁动回归平静

定能迎来希望的黎明

假如我变成了一支蜡烛

假如我变成了一支蜡烛
在黑暗中舒展亮丽的身体
对您露出顽皮的笑容
妈妈，您会认出我吗

如果您四处搜寻我的踪迹
我会暗暗地躲在墙角
偷偷地在您身后招手
却一声也不吱

我要悄悄地发出光明
照亮整个房间
然后静静地注视着您
陪着您伏案工作

待到夜幕降临

您想制作晚餐时

我会"唰"地变回您的孩子

让您陪我再玩会儿游戏

您若问我到底去了哪里

我就让您使劲地猜

其实，我一直都在您的心里

您也一直在我心里

我愿

如果

生活是春天

我愿是

一片嫩芽

以饱满的热情

迎接

未知的将来

- - - - - - - - - - - - -

如果

生活是夏天

我愿是

一泓清泉

以自在的清凉

除去

自他的热恼

如果

生活是秋天

我愿是

一阵清风

以平和的力量

扫去

心地的尘埃

如果

生活是冬天

我愿是

一瓣雪花

以最初的纯洁

融入

寂静的世界

小　小　说

皮皮太空游记

　　今天是星期天，"航天迷"皮皮与父母一起参观了太空博物馆，博物馆里各种新奇的场景令皮皮流连忘返。吃过晚饭，皮皮拖着疲惫的身躯，往床上一躺，回味起今天的见闻："神舟"火箭、国家空间站、太空实验室……真是太美妙了！

　　一阵睡意袭来，皮皮慢慢合上了眼睛。

　　朦胧间，窗外射进一束强光，照在皮皮脸上。他睁眼一看，只见一艘宇宙飞船停在窗外，飞船里走出一个怪人：红鼻子、白嘴巴，像极了马戏团里的小丑。

　　小丑叔叔走过来告诉皮皮：他也是资深的"航天迷"，经常借助自建的宇宙飞船遨游宇宙，今天是来邀请皮皮同游太空的。皮皮兴奋地答应了。于是小丑叔叔带着皮皮登上飞船，朝外太空飞去。

　　不知飞了多久，小丑叔叔指着前方的一个"天体"说："这个就是我们的国家空间站，景海鹏、刘伯明、聂海胜等宇航员都曾在这里工作过。"皮皮想进去参观，小丑叔叔连忙拦住，称只有经过国家训练的宇航员才能进入空间站工作。

　　又飞行了一段时间，小丑叔叔带着皮皮登上了一个美丽的星球。这里绿草茵茵，野花竞相绽放；大树成行，高耸直入云霄；瀑布飞泻，水流清澈见底；空气清新，处处吐露芬芳……皮皮一下子被这美景吸引住了。

　　小丑叔叔说："我们所在的这个星球是太阳系中的一颗行星，这里氧气饱和度高，水源清洁，动植物资源多样，生态系统健全，非常适合地球人在这里度假和生存。"

　　皮皮诧异地问小丑叔叔："这么漂亮的星球是怎么发现的？"小丑叔叔自豪地说："这个还真是多亏了我国建设的'天眼'射电望远镜，它是世界上最大口径的天文望远镜，灵敏度和综合性能世界领先。这颗太阳系行星是在三年前被'天眼'观测到的，现已正式命名为'陆王星'。我国还派出宇航员登陆了这颗行星，并在这里试验栽培了水稻和棉花等农作物呢。我们去那边看一下吧！"

于是皮皮跟着小丑叔叔来到了一片农田，见到了不可思议的一幕：只见左侧的稻子长得约一米高，一粒粒橄榄般大小的谷子密集地簇拥成巨大的谷穗，把稻秆压成了弯弯的小桥。右侧的棉花苗更是有小丑叔叔那么高，粗大的枝叶间密密麻麻地结出壮硕的棉桃，有些棉桃已经成熟裂开，捧出一团团洁白的棉纤维。

小丑叔叔告诉皮皮："陆王星上充足的光照时间和肥沃的土壤环境，使得这里生长的农作物植株大、产量高、品质好，解决人类的温饱问题自然不在话下。此外，陆王星上还生长着很多适合人类食用的果蔬与动物。只要我们稍加培育，一定可以令我们的餐桌芳香四溢。"

"可是除了吃和穿，我们还得有房子、交通工具和各种日用品啊，那样我们才能生活得舒适呢。"

"据科研人员考察，陆王星拥有多种质地优越的木材，地底下还蕴藏着丰富的矿产和能源，通过我们已有的生产技术，建造住房和制造交通工具、生产各类工业制成品应该是没有问题的。"

"太棒了，在地球之外再新建一个更加美丽、清洁和繁华的家园，以后我们的生活一定会越来越好。"

　　"是的，不过这美好的生活更需要你们年轻一代认真学习，掌握并运用先进的科学技术才能实现啊。"

　　"放心吧，小丑叔叔，我一定会努力学习的。将来我还要来这里工作，把这里建设成人们的天堂。"

　　这时，草丛中蹿出一只小兔子，看了他们一眼，又匆匆跑远了。皮皮问小丑叔叔："那只兔子是不是急着赶回家呢？"小丑叔叔说："是啊，我们也该回家了！"

　　于是小丑叔叔再次启动飞船，把皮皮送到家门口，然后道别。皮皮含泪向他挥手："再见！小丑叔叔！我会想你的！"

　　正在这时，皮皮感觉到身体晃动起来。睁开眼睛一看，原来是妈妈在摇晃他的身体："快起床，你要迟到了，还一直喊什么小丑叔叔，是不是又做梦了？"

　　原来这趟太空之行只是一个梦呀！皮皮看了看床头的太空实验室海报，快速地从被窝里钻了出来。

　　（本文荣获第十五届全国中学生创新作文大赛浙江赛区初赛二等奖）

双桃村的答卷

清晨，一片茂密的桃林下，一个四十开外的壮汉熟练地舞动着锄头。不一会儿，一堆堆杂草相继倒在了锄头的刀锋之下。壮汉停住劳作，抹了抹额头上的汗珠，掏出香烟点着，使劲地吸了一口，陷入了沉思。

此人叫李福林，不久前刚当选为西部山区双桃村的支部书记。双桃村是个美丽的山村，有着得天独厚的自然风光，盛产水蜜桃和猕猴桃，"双桃村"也因此得名。由于生产技术落后，双桃村的水果品质不高、果品销路不畅，加上地处偏远、交通不便，双桃村也就成了远近闻名的"贫困村""帮扶村"。

"双桃村的村民勤劳肯干，总有使不完的劲，为什么就是无法脱贫致富呢？推选我为双桃村的当家人，一方面是组织与村民们对我的信任，另一方面也是给我出了一份考卷：如何才能带领大家摘掉这顶穷帽子呢？"想到这里，李福林不禁长叹了一口气。

这时手机响了，县农业局办公室张有亮主任通知他，明天上午到县农业局办公室见一个重要人物。至于是哪位重要人物，张主任并没有说。

第二天，李福林揣着忐忑不安的心踏入了县农业局办公室的大门。张主任早已候在那里，旁边多了一位戴着黑框眼镜的中年男子，穿着简洁但不失气度。经张主任介绍，李福林才明白，他就是张主任所说的重要人物——省农林大学的甄友才教授——国内知名的果树专家。甄教授一直致力于果树品种改良的研究并颇有建树，眼下正有意找一片合适的试验林来栽种改良后的水果品种。经过调查，他觉得双桃村的土壤、气候条件以及油桃、猕猴桃资源现状都非常符合试验条件，所以想跟李福林商量在双桃村建立果树良种试验林的事宜。

李福林一下子来劲了，紧紧握住甄教授的手："太好了，我们村正迫切需要您这样的高层次人才。有了您的专业指导，双桃村的水果就不愁因品质不高而卖不出去了。"

那一天，三人谈得异常投机。在果树生产管理与开发利用等各个环节达成了诸多共识，大有相见恨晚之意。

一个月后，甄教授带着他的技术团队进驻到双桃村，手把手指导村民们进行挖沟、夯土、嫁接、栽种等各项农务，一派热火朝天的劳动场面就这样铺开了。

　　到了收获季节，经过改良后外观、口感、营养俱佳的双桃村红心猕猴桃与多汁油桃受到了市场的热烈追捧，不仅卖出了很高的价格，果品更是达到了供不应求的程度。

　　良好的市场反应进一步激发了村民们的生产热情，更多的村民投入到了这场轰轰烈烈的果树改造运动中，"百亩优质高产果园"、果品生产合作社、"桃人爱"品牌商标等新生事物应运而生。从猕猴桃与油桃的种植、管理、采摘到包装、推广、销售、电商、物流等各个环节形成了全闭环产业链。

　　后来，李福林又带领村民们修建了通往山外的宽阔水泥大道，盖起了时尚、美观、清新的"山居小憩"民宿群，还兴建起了"西部桃园"观光园区。由于思路超前、定位精准、规划合理，每一个项目都获得了极大的成功。双桃村一举摆脱了贫穷落后的面貌，成了人人羡慕的"新农村""小康村"和"乡村振兴领头雁"，其成功经验受到了各级政府的肯定、表彰和推广。

　　又是一个神清气爽的早晨。李福林登上山顶，望向双桃村。在那里，一丛丛艳丽的桃花在朝阳的辉映下显得光彩夺目。被这片花海所包裹着的，则是一幢幢设计新颖、错落有致的民宿民房与主题乐园，村路蜿蜒盘旋，小溪流水潺潺……一切都是如此的宁静、和谐与美好。

李福林笑了，笑得那么甜。因为他知道，面对时代的考验，他和双桃村的村民一起交出了一份令人满意的答卷。

一块碎玻璃的蜕变

我是玻璃妈妈的宝宝。从诞生那一刻开始，我就静静地依偎在妈妈的怀里，以一颗纯净的心，好奇地观察着风云变幻的世界。我盼望着快快长大，然后可以浪迹天涯，更加全面地去体验一番生活。

盼星星盼月亮，终于盼到了我出厂的日子。没想到在即将上车之时，我的姐妹们却因一番吵闹，变得四分五裂了。工作人员只好把我们玻璃"家族"扔进了垃圾堆，于是我们就被人们称为"碎玻璃"了。

我从垃圾堆里跑了出来，努力去追逐我不一样的人生。

跑着跑着，一阵倦意袭来，我枕着路旁的一堆落叶睡了过去。

朦胧之中，我感到自己被一只有力的大手拾起，放入口袋，在一阵阵的颠簸之中向前移动着。

等我再次醒来时，只听见一阵清脆的敲门声："开门吧，小琼，看我给你带什么来了！"是一位老爷爷的声音。

随着"吱呀"一声开门的声响，从门后传来一阵银铃般动听的声音："爷爷，爷爷，您给我带的是什么好东西呀？"

我被老爷爷从口袋里掏了出来。我定睛一看，只见眼前站着一位穿着粉色公主裙的小女孩，扎着亚麻色的马尾辫，眨巴着一双大眼睛忽闪忽闪的，斜着头出现在我眼前，正兴奋地端详着我。

再抬头一看，一位鹤发童颜、满面慈祥的老爷爷映入我的眼帘。他得意地用手指着我说道："就是这一颗宝石了！"

"哇！爷爷，这颗亮晶晶的宝石好漂亮呀，是送给我的吗？"小琼问道。

"当然了，以后它就是你的了！"是老爷爷的声音。

"太好了，可以把它做成我的项链吗？"又是一阵银铃般的声音。

"没问题，爷爷马上给你加工。"

老爷爷带着我来到了一块磨石前，操起一个小板凳坐好，把我的身子放在那块磨石前不停地打磨，然后用刻刀在我身上龙飞凤舞起来。不一会儿，我那棱角分明的身体就变成了一块玉兰花形状的玻璃吊坠。

老爷爷用一根红绳子将我系好，挂在小女孩的脖子上。

"太好了，谢谢爷爷！"小女孩兴奋地亲了亲老爷爷，再用她那玉笋一般的小手来回地抚摸着我，一副爱不释手的样子。

这之后呀，小女孩就时时刻刻带着我东奔西走。我们一起游遍了祖国的名山大川和江海湖泊，我们还一起游玩了各种动物园、植物园和儿童乐园，领略了各式各样的风土人情，学习了各种门类的知识。生命中的每一天之于我，都是那么的欢乐、充实与新奇。

这就是我———一块碎玻璃的华丽蜕变。

杂—记

活着

彳亍在生命路上，时而风光旖旎，时而荆棘丛生，时而迷雾氤氲。面对美好的顺境，我们应学会珍惜；面对痛苦的逆境，我们应学会化解。

列夫·托尔斯泰说过："如果你感受到了痛苦，那么证明你还活着；如果你感受到了他人的痛苦，那么你才算真正的人。"诚哉斯言，苦涩似蜡的生命，它就是在林林总总的痛苦中螺旋式上升的。对于痛苦，处理得好，就是迈向成功的垫脚石，处理不好，就是导致失败的绊脚石。因此我们每个人应懂得正确处理自己与他人的痛苦，让自己活出最灿烂的人生。

面对自己的痛苦，我们应分析痛苦的来源：是同龄人竞争的压力？是对他人苦难的共情？抑或是相处甚久的小狗的突然离世……所有诸如此类的痛苦，都可能使我们的心情或蒙上一层绵绵阴雨，虽细柔但久长；或倾泻下倾盆大雨，既磅礴又沉重。找到了这些痛苦的根源，我们就可以有的放矢了。我们可以为这些痛苦而落泪，释放心中的负面情绪，但大可不必因此而绝望。青春期的孩子正处于萌芽成长的关键时候，必然会经历生长成长的烦恼与阵痛。而我们在人生中遇到的磨难，恰恰就是在向上生长着的活着的证明。而在了解到痛苦的根源之后，我们应善于分析怎样才能在这痛苦中更好地成长。在与同龄人竞争的过程中，我们首先要掌握学习的主动权，激发学习的内生动力，摸索出适合自己的学习方法，牢牢把握住提升成绩的根本。其次，我们要学会与他人合作，适时向他人求助，充分借助一切可以借助的资源，借梯登高。最后，培养对学习始终如一、冰心一片的热爱，也是持续高效学习的要点。在对他人的苦难共情时，我们应表现出对其不幸的同情与提供力所能及的帮助。面对心爱的宠物的离世，则可以回忆朝夕相处的点点滴滴，将自己的心作为它独一无二的坟墓，让它在我们的记忆中永生。因此，正确处理痛苦的措施大致有两种：一是与痛苦和解，二是向他人求助。

面对他人的痛苦，我们可以在尊重他人意愿的前提下给予力所能及的帮助。但必要的痛苦有时也是成长的机遇，浴火之后的凤凰才能够涅槃重生。如果对方也想把握这次机遇成长，我们能做的也就只有在其身后默默支持，不必自作主张地去提供"我觉得这样对他好"的帮助，毕竟那样只会加深对方的痛苦。若对方明确提出了请求，就该不遗余力地帮助他。为同伴提供帮助，是人之为人应该做的。但是，在帮助他人前我们也应该弄清对方需要什么。或许他只是需要一个懂得倾听的人来听他倾诉内心的不宁静，这时我们无须多言，只要真诚地看着他，静静地倾听他的诉说，适当地表达对他的理解，或者给予他一个温暖的拥抱。这些细微的表达往往能达到意想不到的效果。当对方因自己没有对实现梦想的执行力而苦恼时，我们可以督促他去追逐他的梦想，去落实他的计划。我们可以变得严厉，而不再是温柔，而这恰恰是他所需要的。或许他只是觉得孤独寂寞，那我们就可以陪伴在他身旁，让他不再孤军奋战，和他一起学习一同成长，为他擦亮希望的星火，共度这至暗的时刻。其实帮助别人也就是在帮助自己，当抚平了他人的伤痛之时，对自己何尝不是一场疗愈呢？以后当我们遇到困难时，对方也会无疑地来帮助我们，这就是"我为人人，人人为我"。同时也要记住：在一些重大事项上，靠他人终归不如靠自己，发展自己独立的能力才是硬道理。

我们要相信生命将璀璨如歌，我们要看到花海盛开，我们要静候燕子归来。严冬过后是春天，痛苦过后一定会迎来新的希望。

（本文荣获第十五届全国中学生创新作文大赛浙江赛区决赛三等奖）

仪式，让生活充满光明

外在是内在的投射与体现。仪式，不只是外在的典礼与形式，更承载着内心对美好生活的信念与向往。仪式，让我们超然于现实的喧嚣、纷乱与烦躁之外，收获光明的人生。

正如王小波所言："一个人只拥有此生此世是不够的，他还应该拥有诗意的世界。"在这个快节奏、碎片化、人情味不断淡化的时代，真的很需要一种仪式感，使不同时期的人生皆呈现出其应有的面貌和不一样的精彩，使"生活"真正称得上是"生活"，而不只是单调且乏味的"生存"。

无论是每周一次的升旗仪式、每年一次的年夜饭，抑或是开学典礼、结婚庆典……都是生命中不可或缺的重要组成部分。在影片《小王子》中，狐狸在小王子即将来看它的一个小时前，就已经做好了迎接的各种准备，并开始感觉到难以自禁的快乐。随着时间的临近，这种快乐不断升级，最后甚至到了坐立不安的程度。正是这份不断升级的快乐，驱使它找到了珍贵的友情和生命的价值。如果没有提前约定的仪式感，狐狸也许永远都体会不到这一份极致的喜悦与幸福。

　　仪式，可以丰富人生，升华我们的情感。生日，即便没有饕餮盛宴，没有蛋糕蜡烛，没有生日礼物，但最富仪式感的那句"生日快乐"，是永远不能缺席的。那来自父母、亲戚、同学或朋友们的短短四字，声声入心，字字刻骨，蕴含着亲朋好友们对其过去成长的肯定与欣慰，也表达着对美好未来的期盼与祝愿。当不同个体的祝福从四面八方奔涌而来，幸福便不再是遥远的传说，而是如此的唾手可得。所有那些枯燥的、悲伤的、消沉的、苦难的记忆，便在此时此刻一扫而光。原本平淡无奇的生活，也瞬时变得波澜壮阔起来。

　　仪式，可以缅怀历史，激发我们的敬意。在金色阳光洒满圣城拉萨的晨曦中，年轻的喇嘛沐浴后进殿焚香，诚挚地剪下一段烛光置于心上，开启崭新的一天。山脚下的信众们三步一跪五步一拜地赶向心中的纯洁圣地。阳光照耀着座座远山，也照亮着不远处的一泓池水，将光明映射在每一个朝圣者的脸上，将这些清修者装扮得异常的庄严和肃穆。当年释迦牟尼尝尽肉体苦楚，在菩提树下冥思苦修后大彻大悟，正是借助着契理，才将他高深的学说传承至今。信众们依着代代相续的仪式，怀着敬畏之心，踩着先祖走过的足迹，体味着先祖的心路历程，一步步走向光明的彼岸。也许怀着敬畏之心开启的这一种特殊仪式，才算得上是真正的心灵旅行吧。

　　仪式，还可以召唤梦想，播下希望的种子。王尔德曾说："我们都生活在阴沟里，但仍有人在仰望星空。"人类如果没有梦想，就失去了灵魂；生活如果缺少仪式，便褪去了光彩。奥黛丽·赫本的经典影片《蒂凡妮的早餐》里有着这样精彩的一幕：霍莉穿着黑色小礼服，戴着假珠宝，在蒂凡妮精美的橱窗前，慢慢地将早餐品尝完毕，然后诚挚地歌颂面包与热咖啡。一顿稀松平常的早餐，顿时变成了难以忘怀的盛宴。正是这般诗意的仪式感，让霍莉那苍白的生活变得光彩熠熠，映照出她心中对于美好生活的热情与渴望。

　　生活需要仪式感，它会让你在平淡而又琐碎的日子里，找到诗意的生活，找到继续前行的微光，也找到那份不愿将就的勇气。在那些平凡或者不平凡的日子里，巧妙地安放上各种不同视角的仪式感，你会从中找到生活的意义所在。

（本文荣获第十四届全国中学生创新作文大赛浙江赛区初赛三等奖）

给祖国母亲的一封信

祖国，我最敬爱的母亲。

在您的七十华诞即将到来之际，我饱含热泪，向您送出这封家信，表达我由衷的祝贺，也寄托着我深深的情意。

我最敬爱的母亲，您曾拥有如此辉煌的过去：五千年灿烂的华夏文明，是您光彩夺目的髻中明珠；万国来朝的太平盛世，是装点您身姿的美妙霓裳；"丝绸之路"的驼铃声中，您收获了多少遥远国度的仰慕；"四大发明"的横空出世、"诸子百家"的空前盛况，又使得多少世人惊叹于您的深厚底蕴……我忍不住赞叹：在浩瀚的文明星空中，您就是最为璀璨的一颗明星；在连绵的历史长河里，您也是最为澎湃的一股浪涛。五大文明古国，唯有您处风雨而不惊，历激流而不倒，巍然屹立于世界之林。您是钢铁铸就的长城，您也是我们华夏儿女坚强的后盾。

然而，当历史的指针转到一百多年前的那段灰暗时期，您遭遇到了前所未有的一场灾难。罪恶的鸦片摧垮了您曾经强健的身躯，八国联军的炮火击得您遍体鳞伤，一张张不平等条约更是让您尝尽了屈辱……在强盗们厚颜无耻的掠夺面前，您终于明白了一个道理：落后就要挨打。于是，一代又一代的英雄儿女们前仆后继，掀起了反帝反封建、振兴中华民族的一个又一个浪潮。但是由于重重艰难险阻，这些浪潮纷纷退却，直到历史选择了中国共产党。在经历了艰苦卓绝的北伐战争、土地革命、抗日战争和解放战争之后，党领导人民推翻了帝国主义、封建主义、官僚资本主义三座大山，建立了中华人民共和国，实现了民族独立和人民解放。建国之后，党又带领人民摆正前行航船，坚持改革开放，践行科学发展观，昂首阔步地走进民族复兴的新时代。伴随着经济的持续快速发展，我国的 GDP 已跃居世界第二，综合国力不断增强，国际地位日益提升，国家复兴、人民幸福的"中国梦"正一步步被我们实现。

　　我最敬爱的母亲，现在的您，正焕发出前所未有的自信、从容与尊严。在您七十华诞即将到来之际，我要向您表达坚定的决心：我要继承先辈们的光荣传统，刻苦学习、积极进取、顽强拼搏，用最先进的知识、最辛勤的汗水、最无私的付出把您建设得更加美好！我还要向您献上诚挚的祝愿：愿您在远行的航道上乘风破浪！愿您的未来更加繁荣昌盛！

您的女儿：张景贻

2019 年 5 月 4 日

（本文荣获椒江区"给妈妈的一封信"主题征文比赛初中组三等奖）

难忘的除夕

今天是一年一度的除夕,吃完午饭,我和爸爸妈妈带上一堆年货,开车去乡下看望爷爷奶奶。

到了爷爷奶奶家里,我赶紧向爷爷奶奶拱手:"给爷爷奶奶拜年喽!祝你们身体健康!四季平安!笑口常开!"爷爷奶奶笑得合不拢嘴:"还是我们家孙女有礼貌!知道关心爷爷奶奶。爷爷奶奶也祝你新的一年生龙活虎!学业有成!将来考上重点大学!"说着,拿出一个大红包硬往我口袋里塞。我说我都读高中了,就不要压岁钱了。爷爷奶奶坚决不依,说没到十八周岁就还是未成年人,压岁钱是不能省的。

放好带来的年货后,我和爸爸到大门口贴春联。我负责给春联涂糨糊,爸爸则站上凳子,将春联端端正正地贴到大门上。今年的春联特别喜庆,上联是"春回大地风光好",下联是"福满人间喜事多",门楣上的横批是"吉祥如意"。

接着,爸爸掏出一个储存着样板戏和越剧视频的U盘,把它插入液晶电视的USB插口,并根据爷爷奶奶的要求，用遥控器选了一出《红灯记》来欣赏。爷爷奶奶告诉我们，他们年轻的时候，村子里经常会有样板戏和越剧的演出，欣赏样板戏和越剧就是他们最惬意的文化生活和最美好的青春印记了。在这些剧目中，他们最爱看的就是样板戏《红灯记》。该片讲述的是抗日战争时期，我党地下工作者李玉和一家三代，为向游击队传送密电码而前仆后继、不屈不挠与日寇斗争的英雄故事。随着《红灯记》熟悉的旋律响起，爷爷奶奶很快就沉浸其中了。随着故事情节的推进，他们时而开心，时而忧愁，时而愤怒，时而振奋，似乎他们也成了故事里的某个角色。看完《红灯记》，爷爷告诉我们，抗日战争、解放战争和抗美援朝期间，无数的革命先烈在极其艰苦的条件下，投身于革命事业，以鲜血甚至生命的代价，才换来新中国的建立和全国人民的安居乐业，他们就是这个世界上最可爱的人。"吃水不忘挖井人"，我们应当铭记先辈的丰功伟业，继承红色精神，积极投身到建设祖国的伟大实践中去，为实现中华民族伟大复兴的中国梦而不懈奋斗！

　　看完戏曲，我们就开始准备今晚的年夜饭了。我和爷爷爸爸一起包饺子、煮粽子、蒸庆糕，奶奶和妈妈负责烧菜。于是，厨房里响起了锅碗瓢盆合奏的交响乐曲，一盆盆热气腾腾的美味佳肴依次登场。看着满满一桌子的美食，我们赶紧取出筷子，与虾兵蟹将、鸡鸭果蔬大战起来，直杀得它们丢盔弃甲，战场一片狼藉。推杯换盏、觥筹交错之间，说不尽的是一年来的家长里短、大事小情。

大快朵颐之后，按照乡下的风俗，我们去放了三响爆竹，名曰"关门炮"。然后打开电视，美滋滋地欣赏起除夕夜的"文化大餐"——中央广播电视总台春节联欢晚会。今年的央视春晚不仅有歌舞、小品、相声，还有魔术、戏曲、武术……整台晚会群星荟萃、高潮迭起，呈现的是一派热热闹闹、喜气洋洋、欢乐祥和的节日氛围，煞是好看。当新年的钟声响起的时候，我们才依依不舍地关掉电视，进入梦乡。

除夕的团聚总是让人难忘，今年的除夕更是如此。

不伤人前提下的利己

老子云："天地所以能长且久者，以其不自生，故能长生。是以圣人后其身而身先，外其身而身存。非以其无私邪？故能成其私。"天地因"无私"而永存世间，圣人因"无私"而广受景仰。

但我们终究不是圣人，也很难成为圣人。我认为，作为芸芸众生中的一员，我们不应该为了一己私利而将他人踩于脚下，也不必为了照顾别人而过于委屈自己，而是应该平衡好"利人"与"利己"之间的天平，在不伤害别人的前提之下，适当地维护好自己的利益。

譬如大禹为民治水，八年在外，三过家门而不入，这正是他以民为先崇高信念的体现。那时的大禹还是个普通的百姓，他有着自己的家庭：贤惠的妻子与嗷嗷待哺的孩子。八年来，妻子只能在空阔的院子中看着天空由蔚蓝褪为碧绿，落为浅绛，染成酡红，最后化为漆黑；只能看着寒来暑往、秋收冬藏，再独自将孩子拉扯长大。大禹能不心疼吗？他心疼！但是他身上还承载着国家的命运，所以他在个人利益与国家利益冲突时毅然放弃了前者。终于，人民拥戴他为天子。我为人人，得到了人人为我的回报，但妻子靓丽的韶华终究是一去不复返了。正如我国伟大的科学家于敏所言："我这一辈子，无愧于祖国和人民，却唯独有愧于我的妻子。"

如果我是大禹，我会选择在路过家门时推门而入。一年三百六十五天，八年两千九百二十天，我也应当劳逸结合，保持最良好的状态去完成国家赋予我的任务。在积极治水的同时，顺道与妻子叙叙旧，话话家常，再真心实意地吐露几句情话，消除身上累积的疲倦和苦涩，以更好的姿态去面对所有的困难。如此这般，岂不比生硬地克制住回家的欲望，怀揣着对亲人的愧疚和不安，拖着疲惫的身躯工作来得高效和实在？绝望之时仍苦苦硬撑，于身于心都是极大的伤害。在不伤害他人的前提下，我们也可以好好地维护自己的利益，享受生活的美好。

在当今社会，有不少人是"服务型人格"，患上了"社交卑微症"。这正是没有把握好"利人"和"利己"间的平衡，将"利人"的砝码放得过重，用道德绑架了自己，从而使自己身心俱疲，阻碍了主体人格的完美绽放。

　　损人利己固然不对，损己利人也未必可行。我们应当坚持在不伤害他人的前提下，适当地维护好自己的利益，活出生命的精彩。

当好新征程路上的"赶考者"

历史的潮流浩浩荡荡，奔腾不息；时代的脚步勇往直前，不可阻挡。建党百年以来，我们党带领全国人民绘就了一幅波澜壮阔、气势恢宏的历史画卷：中华民族迎来了从站起来、富起来到强起来的伟大飞跃，正大踏步迈入全面建设社会主义现代化国家的新征程。新的征程，是我们党立足世界百年未有之大变局，谋求中华民族伟大复兴擘画出的新蓝图，也是引领各族人民团结奋斗的指路明灯，不仅鼓舞人心，更催人奋进。作为新时代的莘莘学子，我们要赓续伟大的建党精神，当好新征程路上的"赶考者"，肩负起民族复兴的神圣使命，向祖国和人民交出优异的答卷。

当好新征程路上的"赶考者"，需要我们志存高远、以身许国。志不立，天下无可成之事。心中有阳光，脚下才有力量。在实现中华民族伟大复兴的进程中，青年学子树立什么样的目标、追求什么样的理想，不仅决定着我们自己的人生能行多远、走多宽，更是关系到国家前途和民族命运的一件大事。一个彷徨碌碌不可终日、

浑浑噩噩不知一事的青年，不要说担负起建设社会主义
现代化强国的使命，恐怕连自食其力都会成为问题。因
此，习近平总书记经常勉励广大青年"要励志，立鸿鹄
志"。新的时代，新的征程，需要我们把个人的理想同国
家的前途与命运相结合，把个人的追求同人民的利益与
需求相统一，找准自己的人生目标和奋斗方向，为全面
建成社会主义现代化强国贡献自己的青春力量。"志高山
峰矮，路从脚下伸。"有了坚不可摧的理想信念，前进的
路上就没有战胜不了的困难，就没有成就不了的事业。

　　当好新征程路上的"赶考者"，需要我们刻苦学习、
增长才干。立身百行，以学为基。习近平总书记说过：
"青年人正处于学习的黄金时期，应该把学习作为首要任
务，作为一种责任、一种精神追求、一种生活方式。树
立梦想从学习开始、事业靠本领成就的观念，让勤奋学
习成为青春远航的动力，让增长本领成为青春搏击的能
量。"当前，我们正处于一个知识更新不断加快、社会分
工日益细化、新技术新模式新业态层出不穷的时代。面
对这样一个日新月异的时代，我们要承担起报效国家、
服务人民的崇高使命，要奏响时代的最强音，就必须努

力学习科学文化知识，在感悟新时代、紧跟新时代、引领新时代的新际遇中不断提高自身素质，在面向现代化、面向世界、面向未来的大局中，不断提升自己的体能、技能和智能，使自己成为新知识、新观念和新思维的集成体。"勤奋出天才，实践出真知。"我相信，在一个厚积薄发、才干卓著的人面前，任何的艰难险阻都会迎刃而解，甚至不攻自破。

当好新征程路上的"赶考者"，需要我们敢于奋斗、勇于担当。"奋斗是青春最亮丽的底色。"中华民族伟大复兴的中国梦绝不是拍拍脑袋、喊喊口号就可以轻松实现的，靠的是一代又一代人前赴后继的接续奋斗。唯有发扬艰苦奋斗的精神，勇于担当、有所作为、逢山开路、遇水架桥，才能领略到最美丽的风景，成就最瑰丽的人生。从"导弹之父"钱学森，到"杂交水稻之父"袁隆平，从"两弹一星"功勋，到"感动中国"人物，在民族危难的关头，在创业创新的年代，在民众疾苦的时期，总有那么一群人挺身而出，以汗水践行报国，以奉献书写人生。这一个个鲜活的时代人物，凭借着奋斗和担当精神，为我们树立了不朽的丰碑。作为青年学子，我们要以他们为榜样，响应党的号召，以锐意创新的勇气、敢为人先的锐气、蓬勃向上的朝气，经风雨、见世面，在时代洪流中真刀真枪地锤炼出过硬的本领，为民族复兴铺路架桥，为祖国建设添砖加瓦，不断开辟出现代化建设事业的新天地。只有这样，才称得上是不负时代、不负青春。

"雄关漫道真如铁，而今迈步从头越。"奋进吧，新时代的天之骄子！拼搏吧，新征程路上的"赶考者"！

走好"扶贫"路，点燃中国梦

回顾千载华夏历史，荡气回肠；细察中国扶贫现状，前景无限；展望强国复兴之梦，豪情满怀。

中国，是屹立在世界东方的泱泱大国。由于有着巨大的人口基数，因此虽然中国地大物博，但人均资源却是少得可怜，这也造成了中国"脱贫攻坚"之战的艰难、"扶贫"之路的曲折。为此，我们必须努力探索出一条中国特色的社会主义扶贫之路，助推中国梦的早日实现。

首先，中国共产党作为执政党，应积极落实"立党为公、执政为民"的执政理念，坚持以人为本，坚定不移地落实好群众路线。做到如习近平总书记所说的"为官一任，造福一方"。广大党员唯有全心全意地服务好人民，才能算是"遂了平生意"，也才算真正实现人生的价值。焦裕禄同志就是这方面的楷模。他胸怀"绿我涓滴，会它千顷澄碧"的远大理想，将个人价值与社会价值融合在一起，致力于兰考这个贫困县的脱贫致富，在发展当地经济的事业上呕心沥血，直至走完整个人生。他以实际行动很好地诠释了共产党员的伟大人格，广大党员都应该以他为榜样，当好"扶贫"路上的带头人。

　　其次，要建成职能科学、权责法是、公开公正、廉洁高效、守法诚信的法治政府，将"扶贫"与"扶志""扶智"相结合，使当地人民在政府的宏观引导下，将"个人梦"逐渐融入"中国梦"，不断提高"扶贫"工作的成效。一味地给予贫困地区经济援助并不是治本之策，不仅会对政府造成巨大的财政负担，还容易导致贫困地区劳动力产生依赖情绪和"吃大锅饭"的消极心理，造成生产积极性的下降和脱贫致富手段的匮乏。因此，政府应当建立适当的激励机制，多出点子，鼓励贫困地区因地制宜地发展经济，让该地区人民依靠自己的双手实现脱贫致富。要鼓励人们发扬敢闯敢拼、勇于追求的精神，树立远大的志向，合力共创发展新路子。

　　最后，社会大众也应当为"扶贫"大业奉献出自己的力量。医院、银行、超市的收银台前可以放置一个"爱心捐款箱"，为对口"扶贫"募集各方面的资金扶持。"星星之火，可以燎原。"在社会各界人士的群策群力之下，中国"扶贫"道路的前景十分光明。作为新时代的天之骄子，我们青年一代也应树立爱国意识，努力提高道德修养，提升科学文化水平。这样，于小，可以为未来就业提供强有力的保障，不至于成为国家脱贫攻坚路上的障碍；于大，可以将"小我"融入"大我"，为祖国摘掉"贫"帽子贡献力量，点燃中华民族伟大复兴的光辉火炬。

当前，在党和政府的坚强领导下，脱贫攻坚战的前景一片光明。但是由于我国仍处于并将长期处于世界上最大的发展中国家的国情仍未改变，所以我们仍须脚踏实地、埋头苦干，怀揣中国梦，以赤子之心，砥砺前行，去奋力夺取"扶贫"工作的最后胜利。

加油吧，中华好儿女！

中国，正变得越来越好
——中华人民共和国成立七十周年阅兵式观后感

假如你问我中国是什么样的？我会告诉你：她是五月的花海，绚烂无比；她是海边的浪花，奔腾不息；她是盛夏的骄阳，光芒四射。历经七十载峥嵘岁月，中国这只东方雄狮，已从沉睡中醒来，实现了从站起来、富起来到强起来的华丽转身。

中国，正变得越来越好。七十年前的阅兵式，由于我国飞机的数量不够，周恩来总理不得不让参加阅兵式的飞机飞行两遍。而在中华人民共和国成立七十周年阅兵式上，一百六十余架飞机组成十二个空中梯队，飞行场面十面壮观，再也不需要飞第二遍了。中国自主研发的世界上第一款应用钱学森弹道的公开导弹——东风17弹道导弹，在阅兵仪式上闪耀登场了。东风17弹道导弹具备全天候、无依托、强突防的特点，可以对中近程目标实施精确打击。普通导弹运行的是抛物线轨迹，而东风17弹道导弹可以在中途像打水漂一样变换轨道，再进行超高音速突防，最后达到二十倍音速，使敌方的反导系统形同虚设。中国的军事力量，早已摆脱了"小米加步枪"的落后局面，跻身到世界先进行列。

中国，正变得越来越好。1956年全面普及小学义务教育，1986年全面普及中小学九年制义务教育，2006年免除学杂费实施免费义务教育，不到七十年的时间便实现了人类史上最大规模的基础教育普及。文盲率从中华人民共和国成立初期的80%下降到如今的4%，接受九年制义务教育比例高达94.2%。中国的高素质人口比例逐年上升，为实现中华民族伟大复兴的"中国梦"提供了强有力的智力支持。

中国，正变得越来越好。过去在电视和报纸上，不时地会看到大型车辆因为视线盲区而碾压到身侧的电动车、自行车或行人，造成车毁人亡的惨痛事故，看得人胆战心惊。而最近我在小区附近的建筑工地周围，却看到了另一番景象：曾经如"吃人怪物"般存在的大卡车上已经统一安装上了自动播报喇叭，每当大卡车要变换方向时，车上的喇叭就会自动发出警告："倒车，请注意！""左转，请注意！""右转，请注意！"有了语言警示，大卡车附近的车辆和行人就可以提前离开危险区域，再也不用担心被卷入车底了。在中国，"以人为本"的理念，早已深入到生活的方方面面了。

七十载波澜壮阔，七十载砥砺前行。在刚刚过去的七十载里，我们伟大的祖国书写了一个又一个辉煌的成就，创造了一个又一个人间的奇迹。"万丈高楼平地起，如今风雨摧不去。"作为中国儿女，我感到无比自豪。

以赤子之心书写时代答卷

回眸峥嵘岁月，中国共产党递交了一份又一份令国人骄傲的答卷：1949 年中华人民共和国成立，中华民族重振雄风，以崭新的姿态屹立于世界民族之林；1978 年开始实行改革开放，中国人民迎来了从贫穷落后到小康富裕的伟大飞跃；而如今，我国已成为世界第二大经济体、制造业第一大国、货物贸易第一大国……一个个辉煌的事实证明：中国共产党立志于中华民族千秋大业，百年恰是风华正茂。

为书写新的时代答卷，我们要坚定不移地走好中国特色社会主义道路。中国特色社会主义道路，就是在中国共产党领导下，立足基本国情，以经济建设为中心，坚持四项基本原则，坚持改革开放，解放和发展社会生产力，建设社会主义市场经济、社会主义民主政治、社会主义先进文化、社会主义和谐社会、社会主义生态文明，促进人的全面发展，逐步实现全体人民共同富裕，建设富强、民主、文明、和谐、美丽的社会主义现代化强国。中国特色社会主义道路，是实现社会主义现代化，创造人民美好生活的必由之路，是实现中华民族伟大复兴的必由之路。实践证明，中国特色社会主义道路是一条既符合中国国情，又适合时代发展要求并取得巨大成功的唯一正确道路。只有这条道路，能够引领中国进步、改善民生福祉、实现民族复兴。

为书写新的时代答卷，我们要以习近平新时代中国特色社会主义思想为指导，坚持统筹推进"五位一体"总体布局，协调推进"四个全面"战略布局，坚持稳中求进工作基调等对党和国家各方面工作提出的一系列新理念新思想新战略，推动党和国家各项事业进一步朝着纵深方向发展，努力实现中华民族伟大复兴的中国梦。这是党的十八大以来，以习近平同志为核心的中国共产党人，团结和带领全党全军全国各族人民，全面审视国际国内新的形势，通过总结过去、展望未来而做出的正确抉择。习近平新时代中国特色社会主义思想，是在把握发展大势、应对全球共同挑战、维护人类共同利益的过程中，在中华民族迎来从站起来、富起来到强起来的伟大飞跃中，在不断推进党的自我革命，实现党自我净化、自我完善、自我革新、自我提高的进程中，更是在对科学社会主义理论与实践的深邃思考、深刻总结，对坚持和发展中国特色社会主义的不懈探索、砥砺前行中，创立并不断丰富发展起来的理论体系。我们要坚定不移地学习好、宣传好、贯彻好习近平新时代中国特色社会主义思想，在时代浪潮中贡献出自身的力量。

为书写新的时代答卷，我们要为中国特色社会主义建设添砖加瓦。中国人民是胸怀梦想的特殊人群。在几千年的历史长河中，中国人民从来没有放弃过对梦想的不懈追求：盘古开天、女娲补天、伏羲画卦、神农尝草、夸父追日、精卫填海、愚公移山等中国古代神话无不深刻地反映了这一点。作为时代的接班人，我们要怀揣赤子之心，将个人的人生理想融入国家和民族的伟大梦想之中，将小我融入大我，敢于立梦、勇于追梦、勤于圆梦，汇聚起实现中国梦的强大力量！我坚信：国家好、民族好，大家才会好。中国梦就是要让每个人都获得自我发展和奉献社会的机会，共同享有与祖国和时代一起成长、进步的机会！

"穷则独善其身，达则兼济天下。"这是中华民族始终崇尚的品德和胸怀，在我们树立远大理想、热爱伟大祖国、担当时代责任、书写时代答卷之际，何尝不是在推动实现持久和平、共同繁荣的世界梦呢？让我们携手奋进、挥洒热血，向时代递交一份最崇高的答卷吧！

大数据时代，"冷"吗

　　历史的车轮总是不停地前行，带来了科学技术的不断创新与民众生活的日新月异。因特网和人工智能的有机融合，推动着人类社会大踏步迈进大数据时代。

　　大数据时代给人类生活带来的便利是有目共睹的，只是相伴产生的一些人文关怀方面的问题，让一部分人对大数据这一时代产物提出了质疑，并喊出"大数据没人性，冰冷的机器凉透了心"之类的话题。比较有代表性的社会事件有两件：一件是一位老人想要办理医保，由于没有智能手机也不懂网上支付而被社区居民医保签约服务窗口"拒收现金"；另一件是行动不便的老人想要激活社保卡功能，但是根据农行网点的程序要求，必须要进行"人脸识别"，老人只能无奈地被儿子很费劲地抱至机器前完成"人脸识别"。

　　类似事件的出现及其引发的激烈争论，也引起了我的思考——大数据时代，真的就那么"冷"吗？在我看来，答案是否定的。

　　时代的发展是前进性和曲折性的统一。前进的道路往往是曲折的、迂回的。新生事物在确定其稳固地位之前通常会存在一些不足和不完善的地方。办理激活社保卡功能的业务需要"人脸识别",办理医保遭到"拒收现金"等问题,正是这种不足与不完善的具体表现形式。但同时我们也应该看到:事件发生后,银行机构、社区服务窗口等单位也在积极地研究与改进上述问题。一系列制止"拒收现金"的规章制度甚至法律法规的出台与健全,以及人工智能装备的不断优化升级,充分体现出人们在大数据时代克难攻坚、自我疗愈、创业创新、争当一流的勇气与精神风貌。由此观之,大数据时代并不冷漠。

　　时代发展的方向总是前进的、上升的,发展前景也是光明的,只是过程可能会有一些曲折。我们无法否认,信息化、数字化、智能化是当今时代的大势所趋,是社会潮流,也是历史选择。而任何新生事物都要经历从肯定到否定,再到否定之否定的辩证发展过程。辩证否定的实质就是扬弃,就是通过克服事物中消极的、不合时宜的因素,保留其中积极的、有益的因素,去达到一种更加稳定和完善的状态。大数据时代在形成和推进的过程中,不可避免地也会出现一定程度的问题和不足,只要切实加以改进、吐故纳新、去弊扬善，我们就能充分享受到大数据时代带来的各种"红利"。这样来看，大数据时代更不是"冷酷无情"的代名词。

　　火车在其呱呱坠地的时候，曾饱受世人的嘲讽。世界上最早在铁路上行驶的蒸汽机车是1814年被研制出来的，但是它丑陋笨重，像个病魔缠身的怪物，各种质疑、抗议和打击纷至沓来。以至于有人驾着漂亮的马车与它赛跑，并讥笑道："火车怎么还没有马车跑得快呀？"还有人责怪火车的声响又大又尖，把附近的牛都吓跑了……但是时至今日，马车仍然几百年如一日地按照原有的速度艰难地转动着沉重的轮子，火车却已进入时速350千米的高速列车时代，成为人们出行的重要交通工具。其安全快捷、平稳舒适的乘车体验，将马车疯狂地甩出N条街外。与火车的发展历程相类似，大数据时代同样是符合客观规律，具有火热生命力和广阔发展前景的事物。它具有旧事物所不可比拟的优越性，符合历史发展的必然趋势，终究会得到人民的支持和拥护。"时代潮流浩浩荡荡，顺之者昌，逆之者亡。"大数据时代替代旧有的时代已是宇宙间不可抗拒的规律所在，如何更好地顺应这一时代潮流才是我们这一代人应该研究的重点，质疑和排斥于事无补。

大数据时代不冷，我们要对其未来充满信心，热情支持和悉心爱护这正在冉冉升起的火种，做好充分的思想准备，树立起创新意识，勇敢地面对层层考验，克服前进道路上的各种挫折，让这一缕神奇的火种不断地成长、壮大，迸发出造福人类的燎原之势。

挑去心灵不安的刺

星期五的晚上，小海没有像平常一样为周末的到来而欢欣，他的心情糟透了：昨晚没有及时完成妈妈额外布置的"作业"被骂，早上上学迟到被老师批评，同桌借走橡皮耍赖说已经还了，回家的路上还不知怎的就摔了一跤……

"为什么命运对我这么不公平？我到底是做错了什么？"想着这些伤心的事，小海的心情久久不能平静。他的心里充满了委屈、怨恨、伤心、难过……就在如此不安的情绪中渐渐睡了过去。

朦胧中，小海感到自己来到了一座美丽的城堡，里面到处散发着奇花异草的清香，还有他从来没见过的各种可爱的小动物。可是即便如此，小海还是没有从痛苦的经历中走出来，他还是觉得不开心。这时，一位长得仙风道骨、身材伟岸的白胡子老爷爷走了过来，问他为什么不开心。小海把自己的遭遇告诉了老爷爷。

老爷爷听了哈哈大笑起来："我还以为是什么事呢！原来这么些小事就让你不开心了。妈妈布置的'作业'

没及时完成，解释一下，下次再做快一点，不就行了？上学迟到当然会被老师批评，以后早几分钟出发就好了呀。老师或家长批评我们，并不是为了让我们难堪，而是因为他们爱我们，希望我们养成好的习惯。同桌借走橡皮不还，那不正好成就了你做好事的愿望吗？走路摔跤是提醒我们做好当下正在进行的每一件事，而不是老想着过去或未来。任何坏事发生之后，也就过去了，天永远不会塌下来。如果能吸取教训，它就成了一件好事。所以要挑去让心灵不安的刺，永远不要让已经发生的事情或负面的情绪影响我们的良好心境。你看，这里景色宜人，花草和动物都能自觉消除它们心中的不安，所以它们才那么快乐。我相信，你也一定能够做到的。"

听了老爷爷的话，小海的心暖洋洋的，他忍不住笑了起来。这一笑不要紧，直接把他给笑醒了。

原来只是一场梦啊！

文化交融舞出美好未来

2022 年北京冬奥会精彩绝伦的开幕式，不仅让我们享受到了视觉上的饕餮盛宴，更为我们提供了文化交融的良好范本。在这场开幕式上，我们感受到的不仅有科技与艺术的融合，还有传统与现代的融合，以及中国与世界的融合。故于我而言：唯有融而后通，通而后立，方能铸就成功，舞出更加美好的未来。

文化交融亟须科技与艺术的有机融合。有了科技加持的艺术，往往能绽放出更加绚烂的光芒，为人们带来耳目一新的感觉。指绘软件的推出，使得画家们不再受到空间与材料的限制，随时随地都可以追随灵感进行艺术创作，便捷程度大大提升。敦煌研究院院长樊锦诗老师运用科技的力量，在敦煌文化遗产保护、研究和管理领域锐意创新，将高科技融入壁画病害防治、崖体加固、环境监测、风沙治理等多个方面，翻开了敦煌遗迹保护的新篇章。莫高窟数字展示中心更是借助先进的数字技术和多媒体手段，呈现出美轮美奂的万窟艺术与气势恢宏的历史场景，令观众惊叹不已。正是由于科技与艺术的有机融合，社会文明程度才会不断地进化和提升。

　　文化交融亟须传统与现代的有机融合。中华文明源远流长，博大精深。我们要对中华传统文化进行创造性转化、创新型发展，取其精华，去其糟粕，既保留其中合理的内容，又改变其不合时宜的部分，使其顺应新时代发展的需要。近日，"国家宝藏"与 B 站创作者 ILEM联动，运用扫描和建模技术让那些原本刻板无趣的文物"开口"翻唱起歌曲《达拉崩吧》，在极短的时间内产生了八十多万的播放量，刷爆网络，被网友们调侃为"文艺复活"。不少"80 后"的阿姨一边流着眼泪一边感慨："现在的'90 后'和'00 后'果然不同凡响，把我们这些'前浪'都给'拍死'在沙滩上了！"网络漫画《波兰球》将各个国家的国旗 Q 化成可爱的"团子"形象，并紧密结合当前的国际形势，将各国间的"爱恨情仇"以卡通漫画的形式表现出来，成为万众追捧、拥趸无数的网红。故宫博物院将传统与现代相融合，发行了挂件、文具、化妆品等一系列国潮文创产品，拉近了传统文化与游客和消费者之间的距离，受到热烈追捧。由是观之，传统与现代的融合，的确是社会进步的重要助推器。

　　文化交融亟须中国与世界的有机融合。中国与世界的文化融合，是一个互利共赢的选择，不仅能为中国文化注入新鲜血液，也能为世界文化贡献中国力量。胡旋舞作为西域传入我国的民间舞蹈，在唐朝十分兴盛。它不仅丰富了唐人的文化生活，也展现了大唐开放包容的大国风范。天宝年间，胡服成为一种风尚，推动了我国传统服饰的多样化发展。国人耳熟能详的中山装是在广泛吸收欧美服饰的基础上，综合了日式学生服装与中式服装的特点，设计出的一种直翻领、有袋盖的四贴袋服装，面世之后广为流行，一度成为当时中国男子最喜欢的标准服装之一。在文化的交流发展上，我们既要传承与弘扬好中华民族的文化遗产，更要与世界文化携手共进，创造出更多符合时代需要的优秀作品。唯有如此，才能推动世界文化的共同繁荣。

　　愿回首文化之旅，是百花满园之景，与诸君共勉。

为人应外谦内狂

子曰："不得中行而与之，必也狂狷乎！狂者进取，狷者有所不为也。"相比于狂者的率性而为与狷者的不肯干事，我认为，为人应外谦内狂。

纵观历史风云，李白酒入诗肠，妙笔生花，却终究未得朝廷重用；苏轼诗词豪放，却在诗案之后一贬再贬，堪将脖子保住。外狂，若是没有一定的真材实料，只会引起他人的仇恨与鄙夷。即使有足够的资本、才华与实力，还是容易招人嫉妒，惹来不必要的麻烦。内谦，说到底，是优柔寡断，是自负下的自卑。俗话说：性格决定命运。外狂，让别人无法爱自己；内谦，又使自己无法爱自己。这样的性格之下，难免会造就一个悲剧的人生。

子路、曾皙等人侍坐，孔子让他们畅谈各自对将来的打算。孔子赞同曾皙，因为曾皙外谦而内狂。而子路则因为"为国以礼，其言不让"而遭到孔子的哂笑。《鸿门宴》中，我们能看出刘邦能屈能伸、不卑不亢的个性，也能借助项羽对座位的安排等细节看出其刚愎自用、狂傲不羁的性格。两种不同个性激烈博弈之后的结果是：

刘邦顺利回到军营，立刻杀死曹无伤，并最终击败项羽，笑拥江山；而外狂内谦的项羽则因无脸见江东父老而最终落得乌江自刎的可悲下场。《愚公移山》里，愚公在受到"曾不能毁山之一毛"的嘲笑后，仍然坚守着内心狂热的信仰，谦逊地埋头苦干，终于感动了神明，成功移走了两座大山。

因外谦内狂而获益的案例众多，不仅在历史中被反复证明，在现实生活中也在时常上演。在我们的同学中，往往同时存在这么两类人。一类是"目中无人，天上天下唯我独尊"型的。他往往在写作业时叫嚣着："这样的题目只要有手就能搞定""你这么写肯定是错的""这一看不就知道答案的吗""我真是数学小王子啊"……狂妄之气，昭然若揭。事实证明，平时写作业错得较少是他，但因考试成绩不理想而大叫"哎呀！我怎么这么不小心"的往往也是他。而另一类人则温和谦逊、善解人意，会和亲近的人打成一片。这类同学在人群中似乎是毫不起眼的，甚至可能会遭到一些人的鄙视与嫌弃，但是他在学习上却有着清晰的目标和持久的动力，最终的考试成绩往往是鹤立鸡群，令大家刮目相看的。

　　为人，应外谦内狂。外谦，是为了给他人留下一个
良好的印象，利人利己；内狂，是坚定自己内心的信念，
做一个有气节的人。

生活中的仪式感

只要心中有爱，仪式感可以渗透在生活的方方面面。

清晨，将被子叠得方方正正，将头发梳得整整齐齐，夹着课本来到操场读上几分钟，然后便是每天第一场仪式——跑操。

"一二一！"谁的口号气震山河？"踏踏踏！"谁的步伐整齐划一？"勇争第一！"谁的意气挥斥方遒？是我们！每每跑完操之后，天空总是无比的清澈，空气总是无比的清新，白云也会畅快地舒展美好的身段。

课堂上，向老师问好时站得笔直，鞠躬时带着真诚的敬意，这也是生活中的仪式感，能够令师生的关系更加友好融洽。每每在老师抛出一个话题时，认真做好回答，善用其心，将老师传达的知识收起来、储藏好。课堂亦是辩论场，可以将老师当作对手，观察其表述有无纰漏，再拿来反观自己，有则改之，无则加勉。更多的时候，可以聚精会神地倾听老师的高明之处，然后认真地加以消化。恰如每次上完思路奇妙的数学课，我都会由衷地感慨："这简直就是一堂魔法课！"

　　最惬意的是傍晚的时光。"时光"之所以叫"时光"，我想，就是因为每个时间段都包含着一束光吧。在这个时间段，我可以悠闲地走出食堂，看着天空由青绿变为浅绛，慢慢化作酡红，再渐渐披上紫纱。天空是多么爱美啊！不仅身穿各种颜色的彩霞霓裳，还常常将星辰明月别在发上，闪烁着迷人的光亮，惹得我神魂颠倒，如痴如醉。晚饭时间，暖心的广播社会为我们点歌送祝福，播报时事新闻，并提醒天气变化。洗漱完毕后的空闲时光，还可以和小姐妹们谈谈人生，谈谈理想，看看星星，看看月亮。"江山如此多娇，引无数英雄竞折腰"，我选择用日记本将最绚烂的云霓记录下来。

　　静谧的夜晚，自习室的灯光与高挂天穹的明月相互辉映，形成一派天上人间的绝美画卷。翻书声、落笔声，便是同学们对自己负责，为生活增添仪式感的声音。在沙漏落下最后一粒沙子时，我和姐妹相视一笑，然后进入梦乡，迎接崭新的一天。

　　生活就是要有仪式感。有了仪式感，每一分每一秒都变得如此的独一无二；有了仪式感，每一天都是那么的美好神奇；有了仪式感，青春的路上才如此的豪情满怀。

我的"怪人"同桌

　　生命中总会有那么一些人、一些事是令人难以忘却的。

　　我至今无法忘却我的初中同桌——一个班上公认的"怪人"。他剃着寸头，身材瘦小，腰板总是挺得笔直，像是用尺子一寸一寸地格上去似的。在多数同学都东倒西歪的课堂上，他是如此的别具一格。我常常想：没必要天天坐这么直吧，就算是当模特也没有像你这样紧绷着的。

　　对于正值花样年华的我们，好动、好玩，那是我们的专属名词。而自修课，便是我们的天堂了：扔飞机、聊八卦，课堂上绽放出一朵朵青春洋溢的烟花。就算没有鞭炮，教室里的氛围也不比过年差。但每当我们聊得热火朝天之时，总会出现那么一句"安静"！声如洪钟，响得整栋楼的声控电灯齐刷刷变亮。我揉了揉耳朵，哦，原来正是我的同桌！

　　身为纪律委员，我的同桌可谓是相当的尽职尽责了。也是，只有如此耿直的他才不会像其他班委一样懂得通融。每当他值日时，他会在记录违规学生的花名册上密密麻麻地填满名字，与花名册前面几近空白的页面形成鲜明的对比。而这也让他经常遭到那些调皮捣蛋的同学的作弄。到了放学的时候，他也经常会被这些同学围攻痛骂。

有次班上组织表演，同桌那组表演的是史诗级的"敲诈篇"。按照剧本的设计，到了同桌扮演的警察登场的时候，教室里却迟迟不见他的踪影。正当我怀疑同桌遭到同学孤立而无法参加表演之时，只听"嘭"的一声，教室前门訇然中开。未见其人，先闻其声："吾乃常山赵子龙是也！"全班哄堂大笑。只见同桌背着扫把踱步而来，掏出草稿纸做的"警察证"，干净利索地把他面前的"诈骗者"给拷走了……

待他下场，我忍不住问他："为什么要天天坐得那么直？为什么要严格维持自修纪律？为什么不懂通融？为什么一定要扮演警察的角色？你又不是不知道，很多人并不理解你啊！"他露出一口洁白的牙齿说道："因为我的理想是当一名充满正气的警察！"哦，原来如此！因为心存理想之火，所以无惧困难险阻。突然，我感觉眼前的"怪人"变得高大起来。

　　在追梦的青春路上，我们或彳亍，或跌倒，或受伤，或流泪。但梦想的火花，绝不因此而灭！就算伤痕累累，也要走到南墙；就算兜兜转转，也要爬上顶峰；就算流着眼泪，也要逐梦前行。

我的自画像

　　我叫张景贻，今年 13 岁，是一名普普通通的初一学生。

　　我没有什么特别突出的优点。如果非要说一个的话，那就是绘画了。我绘画的功夫当然不是天生的，自 5 岁开始，我就被父母送去学儿童画，从此绘画的学习一直陪伴着我直到现在。如果不是幼儿园时期我的第一个绘画老师说我在绘画方面有天赋，还帮我报名参加一个全国性的绘画比赛并获得二等奖，估计我是不会学这么久的绘画的。今年，我要去另一个绘画老师那里学习更加复杂的素描了。尽管学习素描看起来十分的枯燥乏味，但我相信，假以时日，我一定会逐渐适应并喜欢上它的。

　　我的缺点嘛，那就多了去了。譬如自私、做作、贪婪、浪费、悲观……这些都是我的缺点。要说最大的缺点，那就得数自控力差这个"老毛病"了。就说上课的时候吧，本来是注视着老师倾听的，但是看着看着，我的双眼就会逐渐变得空洞和迷茫。不仅如此，我的大脑也渐渐变成一片空白，就算是我努力去控制，也无济于事。

这令我十分地懊恼。不过我相信，只要我不断地努力去纠正这个缺点，总有一天，我一定会战胜它的。那么弱小的水珠，经过时间的积累，不是也能将坚硬的石头滴穿吗？

虽然我的优点很少，缺点很多。但是我还有一个榜样，那就是存在于心中的另一个"我"，那是一个聪颖智慧、仁爱善良、完美无瑕的"我"，而不是现实中那个无聊无趣的"我"。我会朝着这个完美的"我"，一步一个脚印、踏踏实实地靠近。有一位名人曾经说过，天才是1%的灵感加上99%的汗水成就的。没错，我就是这么一只先天不足的"丑小鸭"，但只要我向阳而生，假以时日，我也会成为一只美丽的"白天鹅"呢，你们说对吗？

我的新同学

上了初中，我在班级里又认识了许多可爱的小伙伴。

我的同桌叫徐祎昕，是个特别乖巧的大学霸，每次考试，她的成绩总是高出我一大截。她有着肉嘟嘟的脸蛋，低垂的眼睛，嘴角微微向下倾斜，显得十分的乖巧可爱。她性格内向，脸上总着带着羞涩的神情，不太爱说话。但是她非常热心肠，乐于助人。我这个马大哈，经常会丢三落四，忘记带各种东西，而热心的她总是会大方地将她所拥有的东西借给我使用，令我十分感动。

我的后桌是杨雨佳，我们都亲切地称她为"包子"，因为她胖乎乎的小脸蛋还带着明显的"婴儿肥"，恰似一个"包子"。她性格开朗，天生乐观，有着一颗善于"包容"的心。"包子"的朋友特别多，之所以有这么多的朋友，那也不是没有缘由的，因为她为人友善可亲，对谁都保持微笑，不会令我们产生距离感，我们都非常愿意和她在一起。更重要的是，她的知识面很宽广，好像天底下就没有她不知道的东西似的，和她在一起，永远有聊不完的话题。

　　新的校园、新的学期、新的同学，一切都是那么的新鲜，但愿我能在这里度过美好的初中生涯！也愿我与新同学的友谊地久天长！

新的起点

初中是一个终点，更是一个新的起点。它代表着纯真的小学时光已圆满画上了句号，也代表着美好的初中生涯已正式向我走来。

金秋九月，我告别了小学时期的小伙伴们，满怀希望地踏入白云初中的校园，从此有了一个新的身份——初中生。

人生成长的每个阶段都有它独特的价值和意义，初中时代也是如此，它标志着我们进入了人生的一个崭新阶段，这段时间虽然不是很长，却足以为我们的人生奠定重要的基础。伟大的科学家钱学森曾经说过："6年的师大附中学习生活对我的教育很深，对我的一生、对我的知识和人生观起了很大的作用。"因此，初中时代既是我们学习和掌握知识的关键时期，某种程度上还见证着一个人从童年到少年的生命进阶，影响着我们未来人生的发展方向，为我们的人生长卷打上了厚实的底色。对我们来说，初中生活意味着新的机会和可能，也意味着新的目标和挑战，这些都是生命馈赠给我们的成长礼物。

　　"恰同学少年，风华正茂。"初中时代，我们充满朝气，富有活力；初中时代，我们怀揣梦想，从这里扬帆起航。

面对游戏，我流泪了

人生路长漫漫，有快乐也有悲伤，有欢笑也有哭泣，有希望也有失望。而游戏，有时也会成为一个喜怒哀乐快速切换的竞技场。

夏令营已经过去了一半。今天上课开始前，贾老师让我们玩一个集体报数的游戏，以增强集体荣誉感与团队合作力。游戏的规则是：全体营员分成两组，每组由一名女老师和一名男老师担任组长；互相比赛的两组排成整齐的队伍，然后按次序进行快速地报数，报得快的小组获胜，有报错、停顿的则重新报数；第一次输掉比赛的那一组的组长要被惩罚做俯卧撑十个，输第二次做二十个，输第三次做四十个，男组长数量加倍；报数时若发现队伍中有人讲话，组长还要再被加罚十五个。

对于这个游戏，我们感到既新鲜，又好玩，个个摩拳擦掌、跃跃欲试。

我被分在了第一组，周老师（女）和迟老师（男）是我们这一组的组长。第一轮比赛下来，我们这一组赢了。我们高兴地欢呼雀跃，有几个顽皮的男生还向另一组做着各种挑衅的动作。但是由于报数时我们组有人讲话，周组长被惩罚做了十五个俯卧撑，迟组长做了三十个俯卧撑，我们的欢呼声顿时消失得无影无踪。

　　第二轮比赛，我们组出现了报错、停顿的情况，结果输得很惨。两位组长分别被惩罚了二十个和四十个俯卧撑。我心中那浓浓的愧疚之感油然而生，我觉得很对不起组长们。他们虽说名义上是我们的组长，但在夏令营期间他们实际扮演的是我们父母的角色。我们这群不到十岁的小营员们的生活起居都由他们照顾，我们做错了事，不管是不是故意的，后果也总是由他们承担。虽然我很想帮他们分担点责任，但是我却没有那个权力，只能在报数时拼命加快语速以赢得游戏。"没关系，你们只管加油，后果我们来承担就好了。""我们相信你们，加油！"组长们使劲地鼓励我们、安慰我们。

　　但是很不幸，第三轮比赛我们又输了。我心里越发的难受了，泪水稀里哗啦地从通红的眼眶里倾泻出来：迟老师要罚八十个俯卧撑！周老师也要罚四十个！这么多的俯卧撑可不是闹着玩的，何况之前他们已经做了那么多。一向体能极好的迟老师渐渐地累到不行，不顾形象地趴在地上，样子很狼狈。这时，另一组的组长们也趴了下来，陪着我们组的组长们一起做俯卧撑。看到此情此景，我们的哭声更是响成了一片，仿佛在诉说着：老师，我们错了！我们不应该在报数时说笑的！我们也不应该报数报得这么慢的！

迟老师的肌肉拉伤了，他浑身是汗，一动不动地趴在地上，双目紧闭，口里喘着粗气。此刻我是多么想为迟老师求情啊！可惜我是个懦夫，终究还是没有落实到行动上，只是不争气地跪在地上，使劲地抹眼泪。此刻我突然想到了我的父母，他们也很不容易，风里来雨里去的，总是无微不至地照顾我，为我操碎了心。

这个游戏让我体会到了很多，也感悟到了很多。"谁言寸草心，报得三春晖。"以后我一定要孝敬父母，尊敬老师，好好学习，天天向上，来报答他们的辛勤付出。

辅导班的那些事儿

实话实说，一开始我是不太愿意来辅导班的。毕竟比起结交朋友，我更愿意与我可爱的手机"腻"在一起。但是后来我发现，在辅导班能遇到那么多有趣的新朋友，实在是不虚此行。

辅导班里我们这一年级共有三个班。很幸运，我这个班的整体成绩是最好的，所以同学们自然都很优秀。其中有一个高个子、马尾辫、身材苗条的大眼睛女生，特别古道热肠。她，就是我的"师父"——林芝煜。为什么称她"师父"？因为不管是学习成绩，还是为人处世，她都高出我一筹，只好甘拜下风啦。

就拿一件小事来说吧。有一次我淋了雨，有一点点发烧，头昏脑涨的，于是就突然冒出来一句："师父，我好饿啊，想吃冰激凌。""师父"闻声便从作业堆里抬起头问我："哦？徒儿想吃什么口味的？为师给你买来。"我一听便乐了，高兴地说道："我要哈密瓜味的。这是五元钱，其中有两元跑腿费。"不想"师父"听了这话不开心了，翻着白眼道："你这话什么意思啊？我可是你师父哎！你见过哪个师父向徒弟要钱的？真是的！我跟你说，你不要看不起你师父。"说完，便一拍桌子转身离去。

一分钟过去了，五分钟过去了……上课铃响了，还不见"师父"回来。我既着急又愧疚，想："糟了！师父怎么还不回来？该不会生气了吧？师父，对不起，我不是有意让你旷课的，你要是出了什么事，我可怎么办才好呢？"

正在我胡思乱想之际，"师父"满头大汗、气喘吁吁地回来了，手中还拎着一盒哈密瓜味的冰激凌。"徒儿，给你冰激凌！为师给你买来了！我跟你说，附近的小店都卖完了，为师跑了老远才给你买来的。"我顿时百感交集，不由得红了眼睛："林芝煜，你吼什么吼？每天不好好学习，你不知道上课迟到会被罚站的吗？"

"迟到几分钟就去站几分钟！"老师严厉的声音传入我们的耳中。"师父"把冰激凌放到我桌上，回答老师道："好好好！我这就去！"我冲着老师说道："等等！老师，是我让师父为我买东西才害得她迟到的，我去罚站吧！"

结果，我们俩就这样同时被罚站了。

在辅导班学习的那些日子，总有那么一些事儿，想起来心里还是暖暖的。我的"师父"，她教我的不只是学习，更多的是为人处世。

风师女神

初二下学期，我们班新来了一位科学老师来担任我们班的班主任。她有着飘逸的长发、飒爽的英姿和健步如飞的大长腿。要说性格嘛，她就像风一样，温柔时清风拂面，甚是可爱；严厉时如同秋风扫落叶一般，让人难以招架。也因为如此，她在同学们口中收获了"风师女神"的雅号。

我十分享受徐老师上的科学课。不仅仅是因为她授课时条理清晰的逻辑、点到为止的小幽默、干练不拖沓的上课节奏，更在于她严谨的科学精神。"大多""约""左右"等词语常伴她左右，从不轻易给事物下定论。这一点不仅仅体现在她的课堂上，更体现在她雷厉风行的处事风格上。"做人呢，总得给自己留点余地，你说是吧？"徐老师如是说。

作为全年级最闹腾的9班，这可绝非徒有虚名。虽然很多事情不是我们刻意为之，错误却总是会跑到我们头上。

下雨天，值班的小A和小B在走廊上追逐打闹，小

A一不小心将窗台上的花盆碰倒了下去，这花盆就在稀里哗啦的雨声中"稀里哗啦"地掉了，所幸未砸到人。得知消息的徐老师像暴走的龙卷风一般，一手持着戒尺，一手拎着小A和小B，将他们丢进办公室，进行了一通严厉的批评教育。平日在班里无比嚣张的小A随口怼了一句："切！我又不是故意的，而且不是没砸到人吗？"徐老师道："你难道就没想过砸到人的后果吗？非要等砸到人这样严重的情形出现才来改正错误吗？真要这样的话，你以后进入社会还不是一点余地都不留给自己？"在徐老师的严厉批评之下，小A主动认错并赔偿了相应的钱款。

事后，徐老师又展现了她温柔可亲的一面，她并没有通过批评小A来给自己树立威信，也没有主动提及此事。因为她明白小A虽然顽皮，但此次掉花盆事件真的不是故意为之。若是针对小A，处处给他小鞋穿，也是不给自己留余地。孔子推崇的中庸之道，在她身上得到了完美的体现。

通过"风师女神"，我明白了，不论做什么事，都要三思而后行，为自己留一点点缝隙。有了这一点缝隙的

存在，我们才有机会在温暖的阳光和清新的空气下更好
地生活。

我的反思

　　这个学期以来，我学习很不认真，结果一不小心期中考试就考砸了。

　　满分 120 的语文试卷，我只考了 97 分。我本以为考前已将知识点全都复习好了的，没想到连最最基本的诗句默写都会有错别字。稍稍有一点难度的诗句和文言文也读不懂，甚至连老师一而再再而三提醒过的《朝花夕拾》中的阅读理解也读不懂、做不来。还有古文释义，老师都说了是从以前做过的试卷里面挑出来考的，明明自己也看过的，可偏偏就是记不起来。这说明了什么？说明我的复习是多么不认真啊！作文分里明明书写占了 5 分，内容写得不好也就算了，可是这 5 分明明是可以通过书写规范获得的，为什么没好好写字，导致作文不仅扣了 6 分内容分，还多扣了 1 分书写分？懒！就是懒！送分题给你也不拿！不要小看这 1 分，考试就该每分必争。譬如说我的英语成绩，就是差了 1 分才没有考满分的，所以不该扣的分数就是 1 分也不能扣的。

　　数学成绩是各科成绩中令我最为失望的。明明平时考得都很不错，基本都名列全班前五名的。可是这次考试，光计算错误就扣掉了 14 分！而且就算这 14 分没有扣掉，我也考不了高分：明明知道"科学计数法"这一块知识点自己学得不扎实，考前却一眼都没看，更别说什么复习了。3 分啊！就这么没了！还有 6 分是因为没有看清题目导致的错误，真不知道自己是不是眼瞎了。更不要说那些稍微有一点点难度的拓展题，几乎全错！到底是怎么搞的？

道法社会的成绩，自然也是高不起来的。谁让我自己上课一直与前后左右的同学交头接耳、聊天聊地瞎聊呢？为什么就是打死也不肯听老师讲课？

因此，我想出了一个对策：以后每上完一天的功课，回家便复习；不管在学校还是补习班，上课都不能走神，更不能与四周的同学聊天；上课或写作业时碰到不懂的题目，也一定要去问老师，直到把它弄懂；我还要提高专注力和理解力，及时消化老师讲授的知识。我想，如果能够这样子日积月累，我期终考试说不定会有比较大的进步，成绩和排名也会更加理想。

午后风景

午间小憩之后，我睁开眼，看见窗外淡蓝色的天空中正飘浮着几朵白云，在阳光的照射下，像极了金丝镶边的鹅绒被。

我赶紧拿出手机，记录下这个美丽的瞬间。

"这么好的天气，应该去花园里转一转。"想到这里，我一溜小跑进入了花园。

午后的花园光线极好，合欢树舒展着细细的腰肢，山茶花吐露着沁人的芳香，翠竹的绿叶亮堂堂的，源源不断地输送着氧气。我手持相机，不时地按动着快门。

"要是再有几只精灵在光晕中跳舞就更完美了！"我讷讷地想着。

正在这时，前边的灌木丛中传来"沙沙"的声响。

"咦！此刻无风，该不会是有小动物在那里吧？"我好奇地探过身去，只见在枝叶的遮掩下，一只毛茸茸的猫爪探了出来。

"喵——！"原来是一只有着黄白相间毛色的猫咪，正半眯着流光溢彩的大眼睛，全身干干净净，就像是一只迷你版的老虎。

猫咪没有像《爱丽丝梦游仙境》里的兔子那样逢人就跑，而是猫着步渐渐向我靠近，绕着我兜兜转转，用毛茸茸、热烘烘的小脑袋蹭了蹭我的小腿。

我顿时被它的可爱劲儿给吸引住了，蹲下身来抚摸它。猫咪伸直了那条长尾巴，嘴里发出"呼噜呼噜"的声响，用小脑袋蹭得更欢了。

我不由得将它抱了起来，心里想着："这么暖心又黏人的小猫咪，它的主人一定很温柔吧！"

一阵风吹过，从竹林中钻出三个小男孩，对着猫咪叫道："小虎！小虎！"

"小虎？这是猫咪的名字吗？它是你们家的猫咪吗？"我问。

"它不是我们家的猫咪，它是小区里的猫咪。"一个男孩回答道。

"就是我们小区里的野猫啦，小虎是我们给它起的名字。"另一个男孩进行了补充。

"它是我们共同的宝贝！"最后一个男孩说着，掏出火腿肠来喂猫咪。

　　"太好了，我们小区又多了一只可爱的小精灵！"我拍手称快。

　　大家都开心地笑了。

　　这么惬意的一个午后，一只可爱的猫咪，几个爱猫的人，一片亮丽的风景，想想都令人开心，不是吗？

橘子

　　橘子是一种橙色、球形的水果。掰开果皮，呈现在面前的是如同花瓣般围成一团的多个瓣瓣。瓣瓣的外层被一种叫作囊衣的透明薄膜所覆盖，薄衣上布满白色网络状的橘络，囊衣的内部包裹着种子和颗粒饱满的汁泡。轻轻一咬，甜甜的果汁就从里面溢了出来，既美味又解渴。

　　下面我来说说橘子的花和叶子吧：橘子的花多为白色的，但也有少数是粉色的。花瓣通常有 5 片，细细的、长长的。花蕊大且多，摸起来有种丝滑的感觉，很是舒服。橘子的叶子呈长长的椭圆形，摸起来硬硬的、干干的。叶子也可以像我们日常写字用的白纸一样对折起来，对折后会产生裂痕，散发出淡淡的清香。

　　橘子的生长过程需要经历 6 个时期：幼苗期、生长期、开花期、落果期、果实膨大期和成熟期。橘子在种植 3—4 年后开始结果，5 年后达到盛果期，经济寿命长达 40—50 年。柑橘的枝梢一年可抽生 3—4 次，有着春梢、夏梢、秋梢和冬梢的区别。春梢在 3—4 月份抽芽，数量多而整齐，长短适中，一般是 10—20 厘米。夏梢在 6—7 月份陆续抽生，不整齐、生长量大，一般是 30—60 厘米。秋梢在 8—9 月间抽生，数量较多，仅次于春梢，长 20—40 厘米。秋梢粗壮，横断面呈三角形。冬梢一般在 11 月（立冬）之后发生，因抽生时间晚，生长时间短，故枝梢幼嫩，易受冻害。

　　橘子富含多种营养元素，其中以维生素 C 含量为最。每天只要食用一个橘子，就能满足人体每日所需的维生素 C 含量，并起到很好的美容效果。橘子也富含柠檬酸，具有消除疲劳的功效。橘子内侧薄皮含有膳食纤维及果胶，可以促进通便。橘子中含有 170 余种植物化合物和 60 余种黄酮类化合物，其中大多数物质均是天然抗氧化剂。橘子中丰富的营养成分还具有降血脂、抗动脉粥样硬化的作用，对预防心血管疾病大有益处……

　　你瞧！家乡的橘子是多么令人喜爱啊！听完了我的介绍，你是不是也喜欢上了橘子呢？

我读懂了，眼见不一定为实

有些故事，你猜中了开头，却猜不中结局；有些文章，你读到了表面的文字，却读不懂蕴含的深意；有些人，你看到了他表面的不足，却读不懂他内心的美好。

今天，我在自己曾最讨厌的"书"中读懂了：不要因自己看到的一件小事就去判定一个人。有时，眼见也不一定为实。

早上，我和几个同学相约外出玩耍。美中不足的是，这群同学中间就有一个我非常讨厌的人——小欣。小欣平时说话大大咧咧的，从不顾及别人的感受，很多同学都曾被她的言语伤害过，也因此非常讨厌她。在我看来，她就是一本使我瞄上一眼便会起一身鸡皮疙瘩，讨厌得哪怕一下子都不愿碰的"怪书"。

我们正走着，突然看到远处有一个老人坐在路边哭。我们走近了一看，原来是一位七八十岁的老奶奶，头发花白，脸上布满了岁月刻下的纹路。一问才知道她是找不到回家的路了，街上也没人愿意搭理她，于是就在这里哭了起来。

　　刚好小欣知道这位老奶奶所说的住址，便搀扶着老奶奶往她家的方向走去。我心里直犯嘀咕："果然讨厌的人做什么事都令人心烦，装什么好人？不就是想要点报酬吗？"看到同学们都一起护送老奶奶回家，我也只好跟着一起去了。

　　路过一个地下通道时，我们发现了一位乞丐：黝黑的脸庞，干裂的嘴唇，头发都打成结了，不知道有多长时间没有洗过了。我立刻往乞丐面前摆放着的破碗里投了5块钱进去，心想："做好事谁不会？我可不像某些人，做好事只是为了满足自己的虚荣心！"

　　到了那个小区的门口，只见一名中年男子正在着急地踱来踱去，见到我们搀扶着老奶奶，激动地冲过来，一把抓住老奶奶的手说道："妈，您刚才跑到哪里去了？让我一通好找啊！"听了事情的原委后，中年男子对我们千恩万谢，还掏出一张50元的钞票说："这点钱给你们买点零食吃吧！"我们正想推辞，哪曾想小欣一把夺过了那张钞票便往回跑。

　　"果然是为了钱，就算是要钱也不用这么焦急吧，真是的，我们的脸都让你给丢尽了！"我在脑子里毫不客气地将我所能想到的诸如"贪婪""虚荣""无耻"之类的标签一股脑儿地往她身上贴去。

同学们一边喊着她的名字,一边在后面追赶着她。

小欣快速地跑回到刚才路过的地下通道,将那张 50 元的钞票连同从自己衣兜里掏出的一些钱,一并放进乞丐的碗里,并对着乞丐说了一句:"祝福你!"

这时我才恍然大悟:原来她是想把那位中年男子的爱心传递给这位有需要的乞丐身上啊!看来她也没有那么讨厌啊!或者,她本来就是一个善良、可爱的小女孩,只是因为不善表达,而遭到了包括我在内的很多同学的疏远。唉!原来心胸狭隘的人不是她,而是我!我顿时羞愧万分。

在这本我曾经无比讨厌,如今却无比崇敬的"怪书"里,我读懂了:眼见不一定为实。因此,在没有看清事物的真相之前,永远不要轻率地对一个人的为人下结论。

泳池历险记

孩童时期，谁没干过些傻事？谁又没有历过险，并在历险之后学到某些教训？我就有过一次泳池历险的难忘经历。

记得是八九岁的年纪吧，夏天的午后天气特别炎热，知了在树上"知了知了"地叫个不停，热浪一阵接着一阵地向我们袭来，爸爸带着我去往凤凰山庄的室内泳池游泳。

到了那里，我换好泳衣，就步入泳池开始戏水了。爸爸因为要电话处理一些业务上的事，就没有跟我一起入水。

仗着自己之前在市游泳馆学过游泳，我在泳池里扑腾开了。由于浅水区的人特别多，老是会有身体上的触碰，我对爸爸说道："要不我去深水区游泳吧，反正我已经学会游泳了。"

由于以前在市游泳馆学游泳的时候教练不让家长进游泳馆观摩，爸爸对我真实的游泳水平并不了解，听我说已经会游泳了，也就答应了。

进入深水区，我就在那里畅游了起来，蹬腿、划水，蹬腿、划水……糟了，我还没有学会换气呢，随着口中的氧气越来越少，我的游泳姿势开始出现变化，动作越来越不规范了，只是不停地扑腾，努力地使自己浮在水面上并呼吸到空气。

"这下惨了，我坚持不了多久了，再过一会儿，我就要沉下去淹死了。"我心里越想越怕。

仿佛是心有灵犀一般，爸爸发现了我的危险处境，焦急地冲着我身边的叔叔大喊："同志，快帮忙把我女儿捞上来，她快要沉下去了！"

游泳池里人多声杂，爸爸的声音很快被淹没了。

爸爸加重了求救的声音，并扔掉手机，准备跳进泳池救我。

正在这时，终于有一位泳池里的叔叔听到了爸爸的声音，一把将我从水中拎了出来，交给岸上的爸爸。

爸爸严厉地教训了我一通："还没学会游泳就骗我说学会了，差点闹出人命，以后再不能说谎了，知道吗？"

我知趣地点了点头，跟着爸爸回家去了。

那时的我，是多么的年少无知啊！现在再回想起那件事，仍然心有余悸，非常后怕。这次历险，也给了我一个教训：做人还是踏实一点比较好，不能死要面子，不然可能会死于面子。

关于朋友

朋友是生命中不可或缺的重要组成部分。我们的言谈举止、兴趣爱好甚至性格脾气都或多或少地受到朋友的影响。与乐观开朗的朋友相处，我们会变得豁达；与乐于助人的朋友相处，我们也会变得富有爱心。"近朱者赤，近墨者黑"，大概也是源于这个现象吧。

步入青少年时期，友谊正发挥着越来越重要的作用。朋友在做的事情我们会关注，朋友觉得有趣的事我们会去尝试，朋友反对的事我们也会与之保持足够的距离。

孔子说："友直，友谅，友多闻，益矣。"与正直、诚信和见多识广的人交朋友，是十分有益的。我的朋友杨雨佳就是个乐观开朗的人，笑容长期镌刻在她的脸上。她总是笑得如此的灿烂、如此的甜美、如此的活力充沛，似乎所有的烦恼与忧愁都跟她绝缘似的。而我的朋友李欣纯则是位乐于助人的"老好人"。她的同桌丢了东西，她会急急忙忙地帮她去寻找，就好像是她自己丢了东西似的。和她们在一起学习和交往，我变得更加豁达，也更加富有爱心了。她们丰富了我的生活经验，使我更加深刻地体悟到生命的美好。

　　朋友，见证了我们一起走过的成长历程。我们需要真诚友善的朋友。因为朋友，我们少了几分孤独；因为朋友，我们多了些许温暖；因为朋友，我们享受到了交往的快乐；因为朋友，我们正确地认识到了自身的优点和不足；也因为朋友，我们更有信心保持积极向上的精神状态，去迎接生命中的风雨和挑战。

救小兔

小羊和小猴正在草地上踢足球。这时，从小河边传来呼救声。

小猴赶紧爬上树，朝小河的方向看去。"糟糕，小白兔掉进河里去了。"小猴急忙对小羊说。说完，它跳下树往河边跑去，一边跑一边对小白兔说："小白兔，小白兔，我来救你了，你没事吧？"

小白兔一边扑腾着一边喊："救命啊，我不会游泳。"说完，小白兔沉了下去。

小羊和小猴急得眼泪哗啦啦地直往外流，不知道该怎么办才好。这时，小羊想到书上说的：一只小象就能喝完一条小溪。于是立刻找来了大象伯伯。小猴和小羊说："大象伯伯，请您帮我们把河水喝光吧。"大象伯伯说："为什么要喝光整条小河呢？"小猴说："我和小羊的好朋友小白兔掉进水里了。"

大象伯伯听了，赶紧说："我可喝不光整条小河，你快告诉我小白兔是在哪里沉下去的。"小羊和小猴把大象伯伯带到河边，指着小白兔下沉的方向。大象伯伯蹚入小河，河水才刚好漫过大象伯伯粗壮的大腿。大象伯伯伸出长长的鼻子，一下子把小白兔给卷了上来。

小白兔被救上了岸，但是它的眼睛始终紧闭着。小猴和小羊轮流给小白兔做人工呼吸，做了好久，小白兔才醒过来。它晕乎乎地说："我这是怎么了？发生了什么事？"小羊和小猴说："你掉进小河里了，我们请来大象伯伯，才把你给救上来的。我们还给你做了人工呼吸，做了好久好久才把你弄醒的呢！"小白兔赶紧说："谢谢你们，谢谢大家为我付出了那么多，要不然我就要从这个美丽的世界里消失了。"大象伯伯、小羊和小猴齐声说："不用谢，所有的动物都是一家人嘛！"

从此，小动物们更加团结了，它们齐心协力、互帮互助，过着幸福快乐的日子。

泡泡糖风波

　　每当我咀嚼着又香又甜的泡泡糖的时候，便会想起我六岁那年发生的一件事情，妈妈所说的那一席话一直萦绕在我的耳边。

　　那是一个阳光明媚的上午，我蹲在外婆家的鸡笼旁边，一边嚼着妈妈给我买的泡泡糖，一边看着老母鸡带领一群"叽叽喳喳"的小鸡觅食。老母鸡不停地用爪子刨着泥土，然后引导着小鸡在泥土中搜寻食物。

　　正在这时，我不安分的心中突然迸出一个坏主意：把泡泡糖粘在小鸡的必经之路上，粘住小鸡的脚丫，把它困在那里。"嘿嘿！"我贼笑着，为自己的坏主意得意忘形起来。忽然，只听得"咕咚"一声，在刚才那一声坏笑的推动之下，我竟然把泡泡糖吞到肚子里了。

　　此刻我不禁胡思乱想了起来："糟了！泡泡糖进入我的肚子，我会不会肚子疼？还有，我的心脏会不会被泡泡糖粘住而停止跳动？我会不会死？会不会……"各种奇怪的念头一股脑儿地从我的脑子里冒了出来。

　　我连忙跑上楼，将我欺负小鸡和我的担心一五一十地向妈妈诉说，心里开始打起鼓来：这下子妈妈可得将我痛骂一顿了。妈妈伸出双手，一把将我拉进她的怀里，温柔地说："放心，我的孩子，不小心把泡泡糖吞进肚子里不会对身体产生危害的，它会通过人体的排泄系统排出体外。泡泡糖的黏性也不足以粘住小鸡的脚丫。但是欺负小鸡的想法是不对的！小鸡多可爱呀，它是人类的朋友，我们人类应该和动物和平相处。不然的话，害人终害己，你现在的情形不正是一个很好的证明吗？"

听了妈妈的话，我羞愧地低下了头。是啊！害人终害己，妈妈，您的这句话，我一定牢记在心！

挫折与梦想

我们都是追梦人，从千山万水奔向天地跑道。在追梦途中，总有些路不那么平坦，总有些事不那么如意，但请不要忘记抬头，那永远璀璨的星河中，居住着我们的梦想。所以，在被挫折绊倒时，要用最美丽的姿势站起来。

逐梦之路，挫折常伴。知名作家刘同在成名前曾花费十几年时间，非常认真地写下几百万字的作品，却一直不被认可，无法出版。蒲松龄多次应省试不第，屡战屡败，再屡败屡战，直到七十一岁高龄才成为贡生，在科举考试的路上可谓是落魄了一辈子。范仲淹在北宋王朝内忧外患时，意图清除时弊，参与了"庆历新政"，触犯了封建地主阶级保守派的利益，得罪了当朝宰相而被贬谪邓州……类似的例子，不胜枚举。

挫折为路，直通梦想。挫折就像一匹烈马，可能会将你掀翻。一旦被驯服，却又能蹦跶着载你直冲梦想。刘同在禁受住长期不被认同的艰难岁月后，随着小说《谁的青春不迷茫》的出版与同名电影的上映，一夜之间成了畅销书作家。蒲松龄在科举考试受挫后，隐居深山潜心创作，终于写出脍炙人口、广为流传的《聊斋志异》，而他本人也被赞誉为"写鬼写妖高人一等，刺贪刺虐入骨三分"的小说名家。范仲淹则在官场失意后写下了那篇名垂千古的《岳阳楼记》，其中的"不以物喜，不以己悲""先天下之忧而忧，后天下之乐而乐""居庙堂之高则忧其民，处江湖之远则忧其君"等至理名言影响深远，传颂至今。

挫折与梦想总是相生相伴，没有一帆风顺的追梦大道，也没有永远挫折的坎坷泥泞。只有禁受住挫折的考验，我们才能够积蓄力量，不断地向着梦想的方向前行。欲成大器，欲成洪流，就要在跌倒时抬起头来扪心自问梦想的初衷，就要以最美丽的姿势站起来，整理行装，重新上路。

正如《老人与海》中的那句名言："一个人并不是生来要给打败的，你尽可以把他消灭掉，可就是打不败他。"

我学会了结交朋友

　　我原先是一个孤独的人，身边没有一个真正的朋友，连回家都是一个人。从小学三年级开始，我才交到了一个好朋友，那就是小静。也直到那时，我才知道交一个朋友是一件很简单的事：只要你给她讲一讲笑话，如果她笑了，便是愿意和你交朋友，如果没有笑，那说明你讲得笑话还不够好笑。

　　我经常给小静讲笑话，逗得小静哈哈大笑。小静也会跟我说一些她身边发生的各种有趣的事。我们的话题也就多了起来，渐渐成了无话不谈的好朋友。因此，我也不再孤单。

　　我和小静常常一块儿做作业，也一块儿玩。如果我碰到不会做的题目，我就会向她请教，她也一定会耐心地教我。相反，如果碰到我会而她不会的题目，我也会耐心地教她。有时碰到我俩都不会的，就只好去请教别的同学或者老师了。我和其他小伙伴玩"过家家"的游戏时，总是喜欢到她的家里玩。如果她同意和我们一起玩，我们就可以疯玩起来。她要是没空玩的话，我们就会觉得十分无趣，玩的时候也会觉得不够尽兴。小静想玩游戏的时候，通常也会叫上我一起玩。而我也尽可能地抽出时间陪着她一起玩。就这样，我们建立起了诚挚美好的友谊。

　　其实，交朋友是一件很简单的事，只要你付出真心，就一定能换回真情。

命运的抗争

清晨，我坐在阳台上，闻着鲜花的芬芳，听着淅淅沥沥的雨声，翻开我最爱的《老人与海》，顿时被书中精彩绝伦的文字深深吸引。

"一个人并不是生来要给打败的，你尽可以把他消灭掉，可就是打不败他。"这句话是小说的主人公桑地亚哥的内心独白，也是这部小说的核心思想。它既生动地揭示了桑地亚哥的内心世界和人生追求，又反映了作者海明威的人生观与价值观。这句话意味着：人生的价值在于奋斗，在于与命运做不懈的抗争。人从生下来的那一刻起，就面临着来自自然与社会的种种挑战，有时这些挑战甚至可能强大到足以对生命产生威胁，但一个人只要保持旺盛的斗志，以及在任何艰难险阻面前不屈服的精神，就永远是一个胜利者。

这句话也成了我的座右铭。每当我遇到挫折之时，它总是给予我鼓励，给予我力量，令我有勇气去战胜任何困难。

看到老渔夫桑地亚哥在连续八十四天没有捕到鱼的

情况下，终于凭借自身的力量钓上来一条极大的马林鱼时，我真不知道他当时有多么的兴奋，多么的快乐。尽管在老人的返程途中，遭受到鲨鱼多达十四次的袭击，最后回港时那条大马林鱼也被鲨鱼吃得只剩鱼头、鱼尾和一条脊骨；尽管老人每取得一点点的进展，都付出了惨重的代价，甚至到了最后不得不接受很多人眼中的无可挽回的"失败"，我却坚定地认为老人仍然是一位"胜利者"。因为老人没有屈服于命运，无论在怎样艰苦的环境下，他都凭借着自己的勇气、毅力和智慧积极抗争。大马林鱼虽然没保住，他却勇于向"一个人的能耐可以到达什么程度"这一重大命题做出顽强、果敢的探索，坚定地捍卫了"人的灵魂的尊严"，即便最终结果是悲情的，他仍然是一个当之无愧的"英雄"。

　　合上书，闭上眼，脑子里全是老人与鲨鱼英勇搏斗的情景。不禁感慨：看书真是一件令人快乐的事情。古人说："书中自有颜如玉，书中自有黄金屋。"看来确实有些道理。我要学习老人的坚韧、勇敢、自强、自尊的优良品格，做一个敢于扼住命运咽喉的强者。

行"三教合一" 书青春华章

　　行走在青春路上，不仅能欣赏到旖旎的风光，有时也会遭遇到迷雾氤氲、荆棘蔓延。如果拥有一把自我调节的火炬，就能照亮前程、一路畅行。

　　步入高二，我的学业压力与日俱增，同学间的竞争也愈加激烈。那么，该如何面对并妥善处理这些压力呢？我想，这既需要自强不息、积极进取的儒家思想，也需要道法自然、无为而治的道家精神，甚至需要一点看破、放下的佛系思维。

　　在我眼中，这三教其实是辩证统一的。

　　一方面，"士不可以不弘毅，任重而道远。仁以为己任，不亦重乎？死而后已，不亦远乎？"儒家积极入世的态度，指导我们在能力范围内，通过自己的努力不断迈上新的台阶。就拿考前复习来说吧，我认为在平时学习的基础上，临时抱一下"佛脚"也是非常必要的。这时就需要儒家积极进取的精神推动，发狠心地去复习和巩固一些重要的知识点。这段时间的学习效率通常是最高的，往往能使最终的成绩比平时高上一个等级。在与我们实力相当的同学进行良性竞争时，也需要充分发扬儒家自强不息的进取精神，绝不轻言放弃，而应锐意进取。上课时要与对方比拼专注力，课余要与对方比拼复习巩固与知识运用的熟练程度，尽最大的努力去提高自己的科学文化素养，以梦为马，不负韶华。

　　另一方面，当我们的付出与回报不成正比时，我们则应汲取道家的无为思想与佛家的豁达精神，看淡结果，放下纠结。以学习物理这门学科为例，对我而言，在学习电学以前物理是非常可爱亲切的，但在跨入"电场"领域后，它便变得"狰狞残暴"起来。无论我上课如何专注，掌握知识的速度永远也比不上题型变化的速度。那该怎么办？这时，就只有学习"放下"了：高考选科时避开物理这一学科，一切也就轻松了许多。只要在老师上课时认真听讲，下课及时完成作业，在学考中保 B 争 A 就行了。这样一来，物理学习的压力瞬间减少了许多，也有效避免陷入"内卷"漩涡，充当学霸炮灰的情形。对于一些实力远胜于我们的"高手"，我们也应该学会"放手"，可以将他们作为自己的榜样，而不是作为对手。我们可以学习他们好的学习习惯与学习方法，结合自己的

实际情况，在尊重客观规律的前提下，充分发挥自己的
主观能动性，从而更加顺利地抵达自己梦想的彼岸。

　　因此，要想书写青春华章，我们必须践行"三教合
一"，将儒家的进取精神、道家的无为精神与佛家的超脱
精神有机地融于日常学习和生活实践之中，点燃梦想的
火炬，照亮前行的道路。

开发良知　止于至善
——净小芳老师台州讲学侧记

2016 年 12 月 25 日，台州迎来了文礼书院资深讲师、国学经典教育界的金牌主持人净小芳老师。

台州市妇女儿童活动中心 4 楼会议室内，一早就聚集了 100 多位省内外经典教育学堂老师、学生家长和经典诵读爱好者，他们不爱圣诞爱"孔""聃"，不享娱乐享讲座，只为倾听净小芳老师所做的题为"我为什么'读经'"的专题讲座。

首先净老师用她的国学经典诵读缘起作为开讲"读经"教育理论的引子，她谈到了母亲的病苦与孤独，谈到了"读经"前自己的空虚与迷茫、女儿一言九"顶"式的叛逆与内心的困惑，谈到了亲历"5·12"地震时的生死瞬间，也谈到了自家先生对"读经"宣导由抗拒到接受的转变。之后喟然叹曰：在喧嚣的尘世中，即使再丰盛的外在，也弥补不了内心的空虚、挣扎与不安；人生充满各种不确定，要懂得把握当下，错误的事情越早结束越好，正确的事情越早开始越好；处世需反求诸己身，我变了，我的人生也就全变了。

净老师说："读经"教育使她找到了人生的安立处，帮助她和她的家庭走出阴影，走向美好，也希望更多的家庭拥有这份美好。

净老师认为，教育是开发人性良知的工程，教育之道就是要把一个人教育成为一个拥有人性的真正的人，而不是一个只具有动物性的人。教育不为脱贫致富、追名逐利，而应合乎人性、顺乎自然、趋吉避凶。让孩子们拥有四端之心（即仁、义、礼、智），扩而充之，可以上达四海，中事父母，下安己身，于一切时不惑、不忧、不惧，此即"内圣"而"外王"者也。

净老师说："文化"一词，出自《易经》的"观乎人文，以化成天下"。天地之道与人道，本来就存在，但只有圣人有能力以吉祥、光明、纯净的心去观照、体悟出来，并通过经典记载下来，形成文化。教育既应体现文化的全面性，把智慧的学问与知识的学问全面地给予每一个受教育者，又要体现人性内涵的全幅性，把东方文化与西方文化都给予每个生命。还要体现人性发展的全程性，根据不同时期记忆力、理解力发展不同步的特点，在孩子成长的幼稚期，给予最高明、最高深、能受益一生的智慧，在成熟期给予知识性、才艺性的东西，即在最恰当的时机，用最恰当的方法，教最恰当的内容，让下一代成为品学兼优的人才。

净老师认为，经典记载着高度的智慧文化，文化概括人性全面，人性开发靠教育完成，教育的目的是体悟道、实践德，因为道德是安身立命的法则。如此种种，形成了教育的因缘环链，是教育之所以被称为教育的重点环节。通过"读经"教育，开发人本自具足的道德良知，并用之于日常。让生命拥有光明，是"读经"教育的意义所在。

净老师还就"读经"教育"三个原则"（时机——儿童时期，内容——经典，方法——诵读）、"四个标准"（及早、老实、大量、快乐）以及家长"读经"要点等内容进行了细致讲解，并为大众现场解疑释惑。

一个"读经"教育专场，在净老师声情并茂、感人至深的诠释下，说者津津乐道，听者津津有味。主持人用两个词描述了会场盛况：越坐越满、座无虚席。"读经"讲座在我们台州的受欢迎程度，由此可见一斑。

　　"大哉圣人之道！洋洋乎，发育万物，峻极于天。"愿国学经典更多地走进千家万户！

比赛中的教养

一年一度的学校运动会开始了。

作为 4×100 米接力赛的参赛主力，我暗暗地紧盯着劲敌 7 班的备战情况。要知道在前两年的 4×100 米接力赛中，我们班就一直被他们所压制，每每在胜利在即之际，7 班的主力选手小丽总是在冲刺阶段突然发力，以微弱的优势先于我们抵达终点夺取桂冠，我们班也因此落下了一个"千年老二"的称号！

广播里传来集结通知："请参赛者到检录处检录。"该上战场了，我拿起号码牌，悄悄地瞪了 7 班一眼。"真可恶！在上战场之前，我要先用眼神将你们千刀万剐！"

突然，7 班的小丽转过头，正好与我四目相对，吓得我赶紧转过头来，乖乖地站在原地。

"哇！小琼！你好啊，待会儿比赛我们要一起加油哦！"身为对手的她竟然给我鼓励，我不由得向她投去了感激的目光，但心中还在嘀咕："我当然会加油的，可我才不会和你们一起加油呢，毕竟我们班的同学们还等着我摘掉那顶丑陋的'千年老二'的帽子呢。在初中阶段最后一次的 4×100 米接力赛中，如果咱们班仍然不能获胜，同学们一定会骂死我的。"

比赛开始了，我站在跑道上，想起自己肩上的重任，不免焦虑起来。小丽似乎看出了我的紧张，朝我笑了笑，还对我做了一个加油的手势。

我朝她点了点头，随即望向奋力朝我跑来的队友和她手中的接力棒。可是不经意间，我又瞥见观战台上自己班同学们正用冰冷的眼神死死地盯着我，不禁手中发软，在交接棒上出了点闪失。我未能在第一时间精准地接住队友递过来的接力棒，等我回过神来，再次去尝试接棒的时候，已经耽误了一些宝贵的时间。7 班已经顺利地完成了交接棒，小丽飞一般地跑在了我的前面。

"完了，我死定了！"我努力追赶着对手的脚步，脑海里却回荡着一个念头："7 班快出点意外吧……"

这时，耳畔又传来了 7 班啦啦队员们整齐划一的助威声："小丽，加油！小丽，加油！"与之前的我们班同学冰冷的眼神形成了鲜明的对比。

离终点只差数米了。"哎！完了！"我在心中绝望又苦涩地叹了一口气。就在这时，小丽突然栽倒了。

"耶！"我们班的观众席里猛然爆发出一阵不怀好意的欢呼声，盖过了7班啦啦队员的助威声。我加快了奔跑的速度，不负众望地实现反超，夺取了桂冠，完成了使命。

可是夺冠后的我心中空落落的，并没有原先想象中的那般如释重负。回头一看，7班的小丽正被原本可以获得第二名的小花搀扶着，一起走向了终点……

我的脸顿时变得通红：原来，我赢得了比赛，却败掉了"教养"。小花和小丽虽败犹荣，她们才是大家心中"失败"的英雄啊！我不禁为自己的表现感到愧疚。

夺冠真的很重要吗？在这次4×100米的比赛中，我学到了：教养远比成绩更为重要！

生而为人　当不负韶华

彳亍在人生路上，时而迷雾氤氲，时而风光旖旎。珍藏在记忆里的瞬间，虽淡犹香。

记得那是一个夏天的晚上，虽然电闪雷鸣，但你和我一块儿趴在窗台，在浩瀚的星空下探讨着人生的意义。隔着窗户玻璃，我似乎感到雨滴正重重地撞击在我的身上。我问你："人生是什么？人生为了什么？人生该怎么过？"你回答："人生是友人间关爱的眼神，是课间的嬉戏打闹，是为理想而拼搏，是听闻鸟语花香的美好。人生是为了不让自己迷茫，是为了开拓事业，是为了对自己负责任，是为了让亲友放心。人生要随遇而安，要向死而生，要平安喜乐，要不负韶华。"那一刻，我似有触动，也若有所思。

人生是悲喜的交织。生命中不可预料的事太多，我们永远不知道惊喜和意外谁先降临：抱着新鲜面包哼着歌儿回家的小姑娘会被酒驾的司机撞得血肉模糊，前途光明的高学历才女会被拐卖进山里铁链缠身受尽折磨，对婚姻有着美好憧憬的妻子会被自己所爱的丈夫肢解……各种负面新闻的曝出，让我对这个世界充满了怀疑，难道我的未来也一样充满灰暗？但随着学识的增长，当我翻开《民法典》，我释然地笑了。《民法典》中庄严的条款，为维护和保障我们的合法权益提供了强有力的后盾，我衷心地为我活在社会主义法治国家而感到安心。那些丧心病狂的罪犯毕竟只是极少数，而且他们也必将受到正义和法律的严厉制裁。在法治国家中，我可以尽情展开翅膀，在法律允许的范围内自由地翱翔。相较于生死，学习、情感上的挫折与欢乐……诸如此类，都只是一场锻炼心灵的旅程而已。

　　人生为了充实心灵，修短随化，终期于尽。人生的终点都是火葬物，死后白茫茫一片，什么都带不去，所以不必过分地贪恋身外之物，要以充实心灵为追求。要充实心灵，首先要让自己不迷茫。为了不让自己感到迷茫，就要提升修养，开拓视野。我要感谢你送我《人性的优点》这本书。它使我知道，"隔绝过去，切断未来，专注于当下"是人类独特的优点；它使我知道，善于思考与开拓创新是人类应当掌握的技能；它使我明了，不必求死，也无须怕死，生命中的荣誉、欢乐、挫折、坎坷，都应该平淡而欣然地接受,因为总有一天一切的一切终将消散。

　　人要向死而生,在坦然接受最坏打算的前提之下,去奋斗拼搏、不负韶华。我知道,只要我们还能呼吸,就应该为了光明的未来而不懈地奋斗。无论眼前的迷雾多么厚重,终有一日,凛冬散尽,星河长明。

如果不是这样，该多好

　　在奔流不息的生命长河中，我们经常会犯错，也经常会后悔，不时地喟然叹曰："唉，如果不是这样，该多好！"

　　上完数学课，我发现草稿本用完了，身心俱疲地哀叹一声："我太难了，请让我瘫在座位上度过余生吧！"然后磨磨唧唧地拎着草稿本挪向垃圾桶，随手一丢，本子落到了垃圾桶的外面。我装作没有看到，又悠哉悠哉地回到了自己的座位。

　　晚自习的时候，我读到了一篇关于环卫工人为清扫路中央的垃圾而被汽车撞致残疾的新闻。我在罪魁祸首——乱丢垃圾的司机身上，找到了自己的影子。这个司机也是为图一时之快，一己之私，没有将垃圾丢到指定的垃圾桶中，而是将垃圾丢在了车流涌动的马路中央，导致了环卫工人被撞致残疾的悲剧。事后该司机也说道："哎，如果当时我没有为图一时之快而乱丢垃圾，该多好！"

　　是啊，如果不是这样，该多好！在读到司机在乱丢垃圾时的心理活动时，我其实只是微微地震惊了一下：
"啊，这不是和我之前想的一样吗？居然被写到新闻报道
上来了。"而继续往下看至环卫工人向着马路中央的纸团
走去时，我心中"咯噔"了一声："糟糕！大事不妙了！"
我开始慌乱了起来，随着汽车飞驰而来的念头闪现，我
的心恍若是被一只无形的巨爪揪到了乌云密布的高空中
去。"嘭——"当汽车撞到环卫工人的一刹那，高空中的
暴雨与我心中的愧疚同时倾盆而下。想到自己上午的所
作所为，我的耳畔"轰——"的一声燃起了熊熊烈火。此
时我才知道：只需换个地点、换个时间，我所做的事，就
可能会搭上一个鲜活的生命。我不禁为自己所做的事感
到内疚："如果不是这样，该多好！"我只要再多走一步，
就能将本子准确地丢到垃圾桶中，值日生的压力就会减
少；推而广之，若公民的规则意识和道德素质得到提升，
社会便不会乱象环生、毫无章法。于是在放学后，我主
动留下来帮值日生扫地、擦黑板，并暗下决心，要坚守规
则、道德，以弥补我所犯的过失！

　　人生之路长漫漫，有时一不小心走错一步，就有可
能满盘皆输。古语云："勿以善小而不为，勿以恶小而为

之。"这次经历，使我懂得了不能为图一时之快而增加他人负担的道理。我要从我做起，从小事做起，做一个遵纪守法的人，尽己所能，不做令自己后悔的事。

不忘初心

初心，恍若黑水之上的轮船、远行航道上的灯塔、迷雾森林里升起的太阳，总能在艰难困苦的环境中给人以信念的指引、前行的动力。初心，总能将飞向天际的迷途风筝，拉回到正确的轨道上。

何谓初心？从字面看，初心就是自己最初的心愿、最初的目标。不忘初心，体现的是一种坚持不懈的精神。我国最早参与核潜艇研制的"共和国勋章"获得者黄旭华曾说过："我就像核潜艇一样，潜在水底下，默默奉献。我愿意当一辈子无名英雄，不希望出名。"他也因为自己所说的这一句话而坚守着对核潜艇的责任。"上马三年后开工，开工两年后下水，下水四年后入列。"如此惊人的建设速度在世界核潜艇史上实属罕见，它离不开黄旭华等人的艰苦奋斗。黄旭华本人介绍，他最初的工作目标就是：搞好核潜艇研究，保家卫国。为了这个初心，他六十一年如一日地全身心投入到核潜艇研制中去，为实现我国国防建设的重大突破做出了杰出贡献。

为什么要不忘初心？因为初心，就如同是风筝与线轴相连的丝线。丝线若断了，风筝便只能在空中漂泊流浪了，过不多时，它便会栽向那幽深的裂谷。俯瞰历史长河，我们知道秦始皇嬴政因励精图治，统一了六国，并统一文字，统一车轨，统一度量衡，实现了"书同文、车同轨"，但是他晚年却把心思都花在四处寻找长生不老的"仙丹"上面，荒于朝政，使得民不聊生，甚至还做出了"焚书坑儒"这一遗臭万年的事，给当时的社会和百姓带来了极大的危害。我有一位闺蜜在小学时期的成绩一直名列前茅，但是后来没有抵挡住社会上各种各样的诱惑，现在已淹没在了芸芸之中，早已不复昔日的辉煌。他们的经历告诉我们同一个道理："粗粝能甘，必是有为之士；纷华不染，方称杰出之人。"唯有不忘初心，以初心为指引，一步步地奋力前行，才能不断接近目标，为自己戴上成功的桂冠。

　　有的初心，在世俗的嘈杂中渐渐地被模糊掉了；而有的初心，即使我们走得再远，也总能看到它熠熠生辉，带给我们无穷的力量。那么，如何才能不忘初心呢？或许，我国著名科学家屠呦呦的行为会给我们带来启发。屠呦呦于 2015 年因发现治疗疟疾的新药物疗法而获得诺贝尔奖后，位于金台路的家便开始门庭若市起来，来访的各路记者络绎不绝。但她却在此时选择了闭门谢客，让登门造访的记者吃了闭门羹。那么她都在做些什么呢？从 2015 到 2019 年，这位老科学家一如既往地继续为科研献身，她带领着自己的科研团队进一步在反复论证的基础上提出了应对"青蒿素抗药性"难题的新的治疗方案：一是适当延长用药时间；二是更换青蒿素联合疗法中已产生抗药性的辅助药物。对于已经获得诺贝尔奖这么重大的荣誉，早已功成名就的她来说，是完全有资格躺在功劳簿上享受晚年的风光生活的，但是她却选择了远离繁华，继续攀登科研高峰。这就是她对初心最好的坚持与诠释。

"不忘初心，方得始终。"欲成大器，就要不忘初心，砥砺前行。初心能令你回归本位，引你趋向成功！朝着初心设定的方向奋勇前行吧，去成就一个光彩照人的你！

"洪家中学十佳中学生"演讲稿

尊敬的各位领导、各位老师、亲爱的同学们:

大家上午好!

我叫张景贻,是高二9班的学生。很高兴能有机会站在这里,与这么多优秀的同学一起参加"洪家中学十佳中学生"的竞选演讲。我演讲的关键词主要有3个,分别是:回首、感恩和展望。

我的第一个关键词是"回首"。回首过去的十年寒窗生涯,虽说学生的生活相对简单,但与诸多同学一样,我也在欢笑与泪水中形成了自己的独特个性,同时也取得了一定的成绩。

我有我的家国情怀。我热爱祖国、热爱我们的党,爱学校、爱班级,爱老师、爱同学。我积极投身到社会公益和校园、班级的集体活动中去。疫情期间,我两次利用寒暑假社会实践的机会,参与了社区疫情防控志愿服务,对出入人员开展了体温测量、口罩佩戴监督、健康码与行程码检查、外地返乡人员情况登记等工作,并为生活困难的群众送去大米、食用油等必需品。在校期间,我曾 6 次获得"三好学生"称号，还有 3 次"学习积极分子"称号、2 次"优秀少先队员"称号、1 次"优秀小学毕业生"称号、1 次"行为规范标兵"称号、1 次"优秀小学生"称号。

我热爱学习。从小学到高中，我的成绩一直名列前茅。其中高中的月考、期中考试、期末考试基本能保持在年级段前 100 名，最好名次为班级第 1 名，年级段排名第 28 名。我获得过第十五届全国中学生创新作文大赛浙江赛区决赛三等奖、第十五届全国中学生创新作文大赛浙江赛区初赛二等奖、第十四届全国中学生创新作文大赛浙江赛区初赛三等奖。前一阵子我报名参加了"叶圣陶杯"全国中学生作文大赛，首次尝试以文言文的形式进行写作，有望在大赛中获得比较理想的名次。此外，我还获得过椒江区教育局组织的"给妈妈的一封信"主题征文初中组三等奖、白云中学英文海报比赛二等奖、洪家中学纪念"建党 100 周年"政治小论文评选三等奖等荣誉。

我爱好广泛。绘画是我的特长，我曾在第二届国际"成长心语"日记画邀请赛中荣获银奖，至今我还清晰地记得胸佩银牌的美妙时刻。我曾五次参加椒江区实验小学的"校园科技文化艺术节"现场绘画比赛并全部获奖，我还获得过椒江区实验小学"小小科学家"光荣称号、围棋比赛女子组第八名、白云中学英文海报比赛二等奖、名著阅读竞赛三等奖等荣誉。我设计的校运会班徽、黑板报等也得到了老师和同学们的称赞。

我的第二个关键词是"感恩"。以上荣誉的获得，并不是光靠我一个人的努力就能够实现的，这其中包含着太多太多集体的力量。在这里，我想致以衷心的感谢：感谢党和政府对教育事业不遗余力地投入，感谢各级领导对我们青少年的诚挚关怀，感谢父母亲戚默默无闻的辛勤付出，感谢园丁们的无私奉献，感谢同学们的团结友爱……可以说没有你们，就没有现在的我。

我的第三个关键词是"展望"。成绩只代表过去，我要以这次"洪家中学十佳中学生"评选活动为新的起点，以更加饱满的热情、更加坚实的步伐、更加刻苦的钻研，向着更高的目标奋勇前行，为"两个一百年"奋斗目标和"中国梦"的全面实现贡献出我毕生的精力和全部的才华。

我是张景贻，谢谢大家！

一幅图画引发的争端

我读小学时和同桌王子逸相处融洽，但是有一天却发生了意外。

课间休息时，我趴在桌子上继续绘画几天来尚未完成的美女图。画毕，我开心地捧着自己的作品欣赏。同桌王子逸突然跑来说："嗨，同桌，你又在画画呀！把你画的美女图送给我吧。"说着，一把抢走了我的画。

"你……你……"我一时急得说不出话，直接用手拍打了一下他的肩膀，说道："快还给我。"不知是被我的图画打动，还是出于爱面子，他就是不肯把画还给我。

我心里想着不能让他把画给抢走。既然软的不行，我就来硬的。我举起"爪子"伸向我的画卷，试图把它夺回来。

只听"嘶"的一声，我的画被撕成了两半。不凑巧的是，撕裂的地方不是别处，恰恰是在美女图的"脖子"位置，这不是将我画的美女给"砍头"了吗？这可是我花了好几天才画成的作品啊！竟然有人这么不尊重我的劳动成果，气死我了！此时我的脑子里只有一个念头：从今往后，我要与你绝交！

于是我在桌子上画了一条"三八线"，杜绝他"越界"。没想到他竟然不顾我的反对，故意将手臂伸到我的"境内"，我就直接将我的手臂压到他的手臂上。他用力抽出手臂，反而压在我的手臂上……就这样我俩一直较着劲，互不相让。祸不单行的是，在我举手发言的时候，我还被他"捅了一刀"——把我心爱的铅笔盒推到了桌子底下。发言完毕之后，我也以牙还牙地将他的修正带给扔在地上，顺便捡回我的铅笔盒……

黑暗而无趣的一天就这样在互相较劲中艰难地度过了。

明媚的阳光开启了崭新的一天。再次见面时，他仍然习惯性地向我问好，我也报以礼节性的微笑。于是，我们俩又和好如初了，昨天的种种不愉快，一下子抛到九霄云外了。

后来仔细想想，其实当时我真的没必要生气：既然他喜欢我画的画，那就当作礼物送给他好了，不仅大家都开心，还可以增进我们之间的友谊；铅笔盒脏了，用纸巾擦一擦，再加点保养油，就又跟新的一样了。而生气，只会给身体带来伤害，也影响正常的学习。

读——后——感·观——后——感

平凡而伟大的大堰河
——读《大堰河——我的保姆》有感

《大堰河——我的保姆》是作者艾青为表达对保姆大堰河怀念与感恩之情而创作的一首诗，读后不由得泪湿眼眶：多么可怜的大堰河！多么穷苦的大堰河！多么勤劳能干的大堰河！多么乐观的大堰河！多么有爱心的大堰河！

艾青首先介绍了大堰河的身份——"我"的保姆，以及自己的身份——吃了大堰河的奶而被养育的地主的儿子。

接着，艾青看着窗外的鹅毛大雪，怀念起他那已故的保姆大堰河。她是那么的贫穷：连坟墓都被草盖着、被雪压着，关闭了的故居檐头的瓦菲已经枯死，仅一丈平方的园地也被典押了，石头做的椅子也已经布满了青苔……她的命运就好似被上天用刺骨冰雪盖住了似的，十分的悲惨可怜。

但是大堰河却不曾气馁，她干完大大小小的家务活之后，会用自己那厚大的手掌将儿时的作者抱在怀里，抚摸着他，用那双勤劳能干的手掌给予作者柔暖的温情。当作者被他的生身父母接回家时，大堰河会情不自禁地潸然泪下，而作者也在他那陌生的家中感受到了不适与不安。这些文字充分表达了作者对悉心照料他的保姆大堰河的信任与依赖。

大堰河，她永远是"含着笑"去做每一件农活的。不管生活多苦多累，她都是那么乐观，毫无一丝怨言。她刚流尽了她的乳汁，便开始了一项又一项繁重而复杂的劳动！这令作者多么地心疼啊！

紧接着，作者又描写了大堰河对自己深深的爱——即使乳儿已经离开了她，她仍在繁忙中抽出时间切好糯米糖送给作者；将作者画的关云长贴在灶边的墙上；对邻居夸口赞美他的乳儿；梦想着她乳儿的媳妇能亲切地叫自己"婆婆"……这样一位可亲可敬的保姆，怎能不让作者深深依恋呢？

　　最后作者描写了大堰河之死。她死时仍叫着乳儿的名字，可乳儿却不在她的旁侧，那时的她该有多么的悲伤和难过啊！在她死后，她的大儿子做了土匪，第二个儿子死在了炮火之中，第三、四、五个儿子在师傅和地主的骂声里过着日子。作者是多么地痛恨这个不公道的世界啊。他咒骂这世界，同时也不曾忘却对劳动人民的讴歌与赞美。

　　读罢这首诗，我的内心久久不能平静。我终于了解到了农民的伟大：他们虽然贫穷、卑微，但是朴实、善良，在不起眼的岗位上默默地贡献着自己的力量，创造出这个社会所必需的物质财富。没有他们，这个社会就不会如此美好，文明也不会如此光鲜亮丽。艾青怀着感恩的心赞美大堰河，而我，也要大声地向伟大的农民们道一声感谢：谢谢你们！你们辛苦了！你们是这个世界不可或缺的人！我爱你们！

品味《故乡》

　　我喜欢品味鲁迅的代表作《故乡》，因为它在很多方面刻画得十分到位，令我有一种身临其境的感觉。

　　小说有着栩栩如生的人物形象描写。譬如描写爱"我"的"母亲"：在寒冬之际，"母亲"知道"我"将要回家，便早早在门外迎接"我"；见到"我"回到了自家房外，便欣喜地叫"我"坐下歇息喝茶；避而不谈搬家的事，怕"我"心头泛起凄凉。描写少年闰土：小时候闰土活泼可爱，与"我"志趣相投，称兄道弟，心中有着无穷无尽的稀奇的事，使"我"大开眼界，也使"我"的生活愈加多彩——他告诉"我"如何捕鸟、夏日沙滩上的贝壳多么绚丽。而最刻骨铭心的便是闰土在金黄的圆月下，海边的沙地旁，绿绿的西瓜中举起钢叉刺猹了。描写因为生活辛苦麻木，现如今反差很大的闰土：在他刚一见到"我"时，脱口而出的是一声"老爷"，"我们"之间已经隔了一层可悲的隔膜了；接着便是让水生给"我"磕头；而随着闰土将"我"家的香炉要走这一情节的发生，他在"我"心目中小英雄的形象也就算是彻底的烟消云散了。除此之外，作者还描写了怕生的宏儿、尖酸刻薄的杨二嫂等人物，让我彻底地体验了一番世态炎凉。

小说有着形象透彻的环境描写。第二段中，作者使用"阴晦""苍黄""萧瑟"等几个极具压抑色彩的词语，生动地烘托出了小村的荒凉，奠定了全文悲戚的情感基调。"瓦楞上许多枯草的断茎当风抖着"，一个简简单单的细节描写，便道尽了老房子的沧桑与破败，写出了老屋难免易主的命运，再次映衬出作者内心的悲凉与不舍。而第十二段作者脑子里忽然闪出的那幅神采奕奕的图画，以"深蓝""金黄""碧绿""银"等数个饱和度很高的色彩词汇，形象地描写出来了少年闰土刺猹的那幅场景，也描写出闰土在作者脑海中色彩鲜明甚至深入骨髓的"小英雄"形象，与下文闰土对作者的隔阂、客套形成了十分强烈的对比与反差。

小说有着多元的主题。一方面，是对童年时光的回忆、对故乡的怀念、对昔日单纯美好的友情的追忆。另一方面，则是对未来的希望，对晚辈的期望、告诫与鼓舞，以及对黑暗社会的批判。

看完全文，我不禁对这篇深奥的小说产生了更多的疑问：它的主题仅止于此吗？还是另有一些我尚未觉察出来的更为深刻的东西？当时的社会背景究竟是怎样的？课文的最后一段到底蕴含着怎样的深意？年轻的我还无法解开这些疑问，只能寄希望于我有了足够的生活阅历而豁然开朗的那么一天吧。

一场镜花水月般的奇幻之旅
——读《镜花缘》有感

　　《镜花缘》是清代作家李汝珍花费二十年心血写成的一部可与《西游记》《封神演义》相媲美的奇书，自问世以来，备受各方关注。鲁迅、林语堂、胡适、郑振铎等文学大家对它都有研究，评价颇高。鲁迅在《中国小说史略》中称之为能"与万宝全书相邻比"的奇书。不少国外学者也致力于对此书的研究，苏联汉学家费施曼评价该书为"熔幻想小说、历史小说、讽刺小说和游记小说于一炉的杰作"。

　　《镜花缘》中"论学说艺，数典谈经"的内容不少，充分体现了作者李汝珍的博学多才。同时，小说中还包含了很多新颖的思想和新奇的想象，带有较多的社会批判笔触且不乏深刻之处，因此在我国小说史上占据了一席之地。

　　《镜花缘》全书共有一百回。故事的开头描写了以百花仙子为首的一百位花神因奉武则天诏令在寒冬使百花开放，违犯天条，被贬下凡尘，其中百花仙子托生为秀才唐敖之女唐小山。全书前半部分主要写唐敖、林之洋、多九公三人游历海外三十余国的奇异经历，后半部分主要写由诸花神所托生的一百名才女参加武则天所设的女试，及考取后在一起饮酒游戏、赋诗谈笑的情景。全书自始至终贯穿着一条维护李氏正统、反对武则天篡政的线索。

《镜花缘》的书名取义于"镜花水月"，蕴含着人生空幻和哀悼女子不幸命运的思想。作者用漫画式的笔调，通过夸大和变形写出了社会的丑恶和可笑，也写出了他的理想社会。在艺术上，作品的奇思异想体现了丰富的想象力，兼具思想机警和语言幽默的特点。

《镜花缘》中展现的唐敖、林之洋、多九公等人游历的三十三个海外国度，可谓是极具想象，又极富韵味。书中写道：无肠国的人饮食直接穿腹而过，往往有富人把粪便作为仆人的食物，循环竟然至数次，这是对那些为富不仁者的绝妙的讽刺；淑士国连店小二都是满口之乎者也，酸腐之气，举目皆是；白民国的先生自诩学识高深，实际上竟是满口白字；两面国的人正面对人笑脸相迎，背面狰狞可怖，暗讽的是现实生活中的两面三刀之人；还有只知吃喝、人身狗头的犬封国；一毛不拔、长毛加身的毛民国；耳垂至腰、无享寿缘的聂耳国；参透生死名利、转世而生以土为食的无继国；通身如墨、崇尚文墨的黑齿国；面部无目、手生双目的深目国；心术不正、心离本位的穿胸国……可以说，世上有多少种人性，在《镜花缘》中就有多少个相应的国度。

在这么多天马行空的国度中，有三个小国尤其令我印象深刻：

"君子国"是一个"乌托邦"式的"礼乐之邦"，城门上写着的"唯善为宝"就充分体现了该国国民的纯良秉性。在这个国家，上至君王丞相下至贩夫走卒，莫不具谦谦君子之风，"耕者让畔，行者让路。""士庶人等，无论宝贵贫贱，举止言谈，莫不恭而有礼。"在君子国的市场贸易中，卖主力争的是付上等货而收低价，买主则力争的是拿次等货而付高价。此国的国主有一项严谕：臣民如若进献珠宝，不仅要将本物烧毁，还要问典刑责罚。这样的一个君子世界，应该是人人向往的。或许正是因为作者李汝珍所处的清朝咸丰年间，存在比较严重的市场欺诈、以次充好、谋求高价等乱象，他才意图通过君子国这个虚构的国度，来诉说自己对那个时代专横跋扈、贪赃枉法的封建官场和尔虞我诈的现实社会的不满与无奈吧。

　　"大人国"更是一个妙不可言的国家了。该国国人不仅身高过于常人二三尺不等，最不同寻常的是每个人脚下皆有云雾护足。市井巷陌之中，有的人高视阔步，有的人虚肩顾盼，有的人低眉敛脚。之所以有着迥异的神情，全在于脚下有着不同颜色的云雾："光明正大，足下自现彩云"，"奸私暗昧，足下自生黑云"，"云由脚生，色随心变"。这里的人都以黑云为耻，碰见坏事，谁也不干，遇上好事，又都争先恐后地去做，没有一点小人习气。因此被称为"大人国"自然是最合适不过的了。"大人国"只是李汝珍虚构的一个国度，回到我们当下的现实，如果民众的公德意识和社会责任感都得到充分提升的话，那么在公众雪亮的眼睛面前，带着"黑云"的恶人恶行也就无处藏身了。从这个意义上说，"大人国"的描写，对改进世道人心是有积极意义的。

　　"女儿国"则是作者理想中以女性为中心的国度了。在那里"男子反穿衣裙，作为妇人，以治内事；女子反穿靴帽，作为男人，以治外事"。女子的智慧、才能都不输于男子，从皇帝到辅臣清一色全是女子。小说的字里行间无不寄托着作者对男女平等、女子和男子具有同样社会地位的良好愿望。最有趣的是唐敖的妻兄林之洋在女儿国里被迫体验那种摧残女性、惨无人道的"缠足"之痛："两足就如刀割针刺一般，苦痛异常，十趾俱已腐烂，日日鲜血淋漓。"清代女子受了几百年的痛苦，竟让一个七尺男人恨不得"越教俺早死，俺越感激"，可见封建礼教逼迫女子缠足来满足男人扭曲变态的审美观是多么的没有人性！

　　当然，《镜花缘》这部书也有不足之处。人们习惯于将它称为小说，但其实它的小说味并不算浓厚。首先是它没有塑造出一个像样的典型人物，即便像唐敖、唐小山这样的主角，也刻画得不够丰满，而且在故事结构上也显得较为松散，故事与故事之间缺乏有机的联系，看上去像是由无数张美丽的图片拼凑而成。所以，与《红楼梦》《三国演义》等名著相比，《镜花缘》的艺术力量似乎略显单薄，文学价值也算不上太高。

　　镜中之花，水月之缘，悲喜相随，虚实为伴。一切虽只是幻境，人人却终得其解。像李汝珍这样的落魄知识分子在现实末路间无法超脱，便于内在映射出这一段镜花水月般的漫长心灵之旅。当故事终了，落入凡间的百花仙子们历尽苦难齐聚一堂为国效力的时候，那积压于作者内心的种种不平便得以释放，一切惆怅也算是得有所偿了。

两个非凡少年的别样人生
——《哪吒之魔童降世》观后感

2019 年暑期，动画电影《哪吒之魔童降世》掀起了一波又一波的观影狂潮，我也抽空去看了一遍。看完之后，感觉收获还是挺大的。

《哪吒之魔童降世》是一个新编的神话故事，导演用现代人的审美眼光和想象力去重新改编这个被连环画、电影和电视剧讲了很多遍的哪吒故事。经过重新塑造后，剧中的主要人物演绎出一个全新的故事内容：哪吒被魔丸附体成了天生的混世魔王，而灵珠附体的龙太子敖丙则成了人见人爱的救世英雄，一向仙风道骨的太乙真人这回变成了一个贪酒糊涂的胖老头，而法力高强、口才极佳的申公豹则被改编成了患有严重口吃且受出身制约的大反派。原先的哪吒故事是一个英雄少年降妖除魔的神话故事，现在的新版的电影则演变成了用爱感化魔性的人性故事。

《哪吒之魔童降世》的大致内容是：天地灵气孕育出一颗能量巨大的混元珠，元始天尊将混元珠提炼成灵珠

和魔丸：灵珠投胎为人，可堪大用；而魔丸则会诞出魔
王，为祸人间。由于申公豹的捣乱，灵珠遭到调包，致使
哪吒携魔丸出世，成了秉性顽劣的"魔童"。哪吒虽然也
渴望友谊和认同，但人们对他是"魔童"的偏见，促使他
转变成令人头疼的"问题少年"。时不时的伤害与误会，
更使他感受到人间的冷漠和隔阂。于是，他身上的魔性
也就随之被激发了出来。而后，哪吒结识了龙太子敖丙
并与之建立起了诚挚的友谊，而这份美好的友谊又唤起
了哪吒对人世间的善意。后来申公豹将真相和盘托出，
哪吒终于意识到自己早已注定的凄凉命运，并蜕化成魔
王哪吒。关键时刻，他知晓了父亲李靖愿意以命相抵，来
解除他身上的魔咒。在伟大的亲情和友谊的包裹下，他
成功的遏制住魔性对心灵的统治，从一个愤怒的"问题少
年"，转变为一个肯为百姓牺牲性命的"超级英雄"。最终
哪吒和敖丙一起，合力化解了反派人物所制造的祸害。

　　动画电影《大圣归来》里有一句经典的台词："如果
命运不公，那就跟它斗到底。"这是大圣反抗命运的体
现，同样也是《哪吒之魔童降世》里诸多人物的行动逻
辑。譬如申公豹刻苦修法，功力高深，却因为出身豹族，

不受元始天尊的赏识。于是他一手策划"调包"事件，制造立功表现的机会，目的在于升入十二金仙的尊贵行列。本质上他也是想通过自己的努力来改变命运，只不过使用的手段实在不够光明磊落。譬如少年敖丙出身龙族，其父辈们一生功勋卓著，镇压了无数的妖魔鬼怪，却被天帝下令一辈子困在海底镇压各路妖怪。敖丙被家族寄予改变命运的厚望，负重拼搏，为的是不再重蹈家族覆辙，升入天界光耀门楣。又譬如"魔童"哪吒先天被定义好了人生轨迹，但他在亲情和友情的感化下，终于喊出了"是魔是仙，我自己说了才算""我命由我不由天""什么魔丸转世就是魔童、什么三年后难逃的天雷劫，都去你的"等极具个性特色的话语。因为爱，他获得了克服自身缺陷的勇气，从而扭转了自己的人生轨迹。

从当今社会现象来看，《哪吒之魔童降世》里面的两个主要角色哪吒和敖丙也可以说是"熊孩子"和"乖孩子"的代表了。他俩一阴一阳、一水一火，互相制约也互为解药。魔丸如何克服心魔？灵珠如何找回自我？两个性格迥异的少年走过的路，也正是我们成长的必经之路。

"熊孩子"在成长的过程中或许并不缺乏爱和关心。

他们的调皮捣蛋虽然令人头疼，却能吸引家长和老师们的注意。叛逆与对抗是"熊孩子"的本能，破罐子破摔也十分容易。但他们迟早需要面对一个人生的大课题：在不怎么被外界所认可的情况下，如何对自己的身份认同，将自己的破坏力转化为创造力，而不是被内在的"魔性"所吞噬。每个人心中都会有阴影面，面对阴影最好的方式不是拼命去压制它，而是去正视它、接受它、转化它。

哪吒的阴影其实不完全是陈塘关村民的偏见。李家世代斩妖除魔，因此在村民们的心里，也就默认三公子同样会是未来的正义之士。然而这娃娃与大家所预期的完全相反，一落地就魔性毕露。处于"认知被颠覆"情形下的村民们自然而然地就把他看成了妖怪，吓得到处躲避。而哪吒呢，一次次地面对村民们这样的反应，接受了他人"坏"的投射，于是干脆一不做二不休就坏给大家看。

哪吒的阴影其实是他的天性中既冲动又脆弱的那一面。他面临的功课是如何在这个社会系统中降服心魔并为己所用。作为一个天生的"熊孩子"，哪吒也是幸运的。他有一个为逗他开心而去做许多事情的好母亲，给他温馨的爱与关怀；还有一个爱妻爱子负责任又有原则的好父亲，为他树立规则与榜样；师父太乙真人是另一个慈父式的存在，教他技能，送他武器，并总能在关键时刻出现以阻止他犯下更大的错误。这样的原始配置确实十分强大。所以尽管村民们总是视他为妖怪，但是因为有父母和师父的不放弃不抛弃，使得哪吒拥有了最起码的安全感，他的自我内心也就一直非常强大。他无所禁忌，没有等级观念，也没有对权威的绝对服从意识。他的生命力非常蓬勃，随时可以爆发。当最后看到父亲愿意拿自己的命来换他活下去的希望时，所有出于愤怒的破坏力瞬间转化为保护与创造的力量。他要守护真正爱自己的人，要摆脱一切偏见和既定结果，活出自己的样子："我是谁我自己说了算，我命由我不由天。"也就在那个时刻，他终于学会了"情绪管理"和善用"魔性"：他明白愤怒能给他带来极大的爆发力，但也会让自己失控，会给他人造成伤害。于是他将乾坤圈解咒套在手腕上，主动为自己增加了一道可以接受的制约。这一刻，他终于长大成人。

　　与"熊孩子"哪吒可以无法无天、随意任性不同，"乖孩子"敖丙只能在"自己的感受"和"我被期待怎么做"之间不停地纠结、挣扎。"你要懂事"就是"乖孩子"身上隐形的"乾坤圈"。"乖孩子"的成长过程看上去似乎更容易一些,但每当他们因为言行举止符合外界期待而得到嘉奖时,埋藏在成年后的艰难命题也随之被种了下来。因为从小时候开始,乖巧懂事便成了一种难以摆脱的人设期望,会不自觉地将他引入与内心真正渴望相去甚远的人生轨迹。每当他想要尝试新的可能时,内在总会响起看不见的声音,在每一个他要脱轨的时刻告诉他"不应该""不可以"。

哪吒是李靖的第三个儿子,有前面两个儿子托底,父母能接受这个孩子的一事无成。而敖丙是龙族偷藏的龙蛋孕化出来的"黑户独子",是万万不能有任何闪失的。小小的年纪就要去承担整个龙族的希望,这样的压力有几个人能承受得了?哪吒被允许做自己,而敖丙的自我身份认同从出生开始就被定了下来。"熊孩子"只要不闯祸就可以了;"乖孩子"不仅不能闯祸,还不能暴露身份,还要肩负起复兴龙族的使命。这使命是如此的神圣而重要,重要到他的一切行为都必须围绕着这个使命来进行。他的生命就好似一张龙族复兴倒计时的日程表。他没有童年，没有朋友，没有自己，没有体验过快乐，也没有被长辈拥抱过，对自己的父亲和师父充满了距离感和敬畏感。当每条被锁住的龙都抓下身上最坚硬的鳞片为他织成无懈可击的盔甲，这盔甲在保护他的同时，也成了他最大的束缚。哪吒的破坏力和愤怒情绪可以借助报复村民、制造"恶作剧"来得以释放；而敖丙的所有情绪、感受、欲望、需要都被家族使命压抑在自己都看不见的地方。他看上去是如此的安静、沉稳、正义，有着与年纪不相符的完美，完美到让人感觉不真实。他所有原始的生命力就像被一个隐形的罩子扣住，无法舒展，也无法释放。所以我们看到不管是恶作剧或者是与敌人战斗，哪吒的招数都非常灵活，往往能够出奇制胜，因为他没有受到各种条条框框的束缚。而敖丙，哪怕传授他功法的是一个邪气的豹子精师父，仍然突破不了固有的规矩和禁锢，打斗时被哪吒假扮的申公豹骗到。从这里就可以看出，规矩早已内化成了敖丙的本能反应。由于他所有的亲人都被定海神针锁在海底，他身上所背负的枷锁远比哪吒重得多。但即便如此，他还是打妖怪救小孩，冒着暴露身份的危险赶赴哪吒的生日宴之约，救哪吒父母来报恩，最后甚至冒死和哪吒一起承受天劫。这样看来，跟哪吒相比，他的勇气是有过之而无不及的了。

那是什么赋予了"乖孩子"突破性的力量呢？是他自己真实的情感被唤醒的那一刻。"熊孩子"需要被看见被认可："你很好，我们都喜欢你、信任你，你是能够做出一番成就的。""乖孩子"则需要被接纳被允许："头上有角也一样很帅。去玩吧！去疯吧！去成为你自己吧！没人需要你拯救，你可以拥有自己的人生。""熊孩子"需要向内收一点，懂得合理调度自己，也适当考虑环境和他人。"乖孩子"则要向外释放一点自我，淡化外界的期许和评价，为自己卸掉一些"必须……应该……"的负担，去看到生命更多的可能性。甚至冒一点险也不是不可以的，错误和失败也不构成对一个人的定义，因为他还年轻，还有时间去纠正这些错误和失败。

少年的哪吒和敖丙有着不同的天性和进化的路径。曾经是"熊孩子"或者"乖孩子"的我们，不也正走在这样一条进化之路上吗？所以，勇敢地去面对人生、经历风雨吧，我们都将成就一个更好的自己！

刘姥姥的宴席风波

《红楼梦》第三十一回至第三十五回分别为"撕扇子作千金一笑，因麒麟伏白首双星""诉肺腑心迷活宝玉，含耻辱情烈死金钏""手足眈眈小动唇舌，不肖种种大承笞挞""情中情因情感妹妹，错里错以错劝哥哥""白玉钏亲尝莲叶羹，黄金莺巧结梅花络"。这五回的内容概括起来，主要讲的是刘姥姥二进大观园，宝玉谈心事并祭奠金钏，还有凤姐过生日意外撞见贾琏偷情并大闹荣国府，以及贾赦欲娶鸳鸯做姨太等一系列故事。在这里，我特别想说一说刘姥姥的那些事儿。

通常来说，对于刘姥姥这个人物，世人普遍存在两种误解：一种是认为她是一个真正的"小丑"，是专门来给贾府上下逗乐的；而另一种误解，则是认为她就是一个受人嘲笑的社会底层人物，是一个可悲可怜之人。但是在我看来，刘姥姥并不呆傻，反而是一个相当精明、老练，在人情世故上很是明白的角色，同时她也是一个非常知恩图报的实在人。刘姥姥初进大观园时，确实是因为家里穷得过不下去了，奔着要钱求接济来的。但是第二次过来，她更多的是出于感情上的报恩，专门把自己家种的"绿色蔬菜"带过来供贾府人享用的。虽然她回报贾府的东西很不起眼，但至少她有一颗知恩图报的心。

　　二进大观园时，在她受贾母邀请一同进餐的宴席上，大丫鬟鸳鸯事先把刘姥姥拉到一边，经过一番调教，让刘姥姥说出了"老刘老刘，食量大如牛"这样的"段子"，引得宴席上包括贾母在内的一众人等捧腹大笑。就这件事而言，刘姥姥确实像一个"小丑"一样遭到贾府中人的戏弄和取笑。但实际上在宴席过后，鸳鸯还是笑着给刘姥姥赔不是了。刘姥姥也大方地说道："姑娘说哪里话？咱们哄老太太开心儿，有什么可恼的……你先嘱咐我，我就明白了，不过大家取个笑儿……我若心里恼，也就不说了。"由此可见，刘姥姥实际上是一位明白人，听鸳鸯一说，就已经知道鸳鸯想让自己来活跃气氛的用意了。之所以表现得那么卖力，那么投入，还那么搞笑，不单纯是畏惧于贾府的阵势和权威，更多的还是真心希望让老太太和宴席上的人们乐一乐。

　　这个世界上多数的人与人之间发生的事情，不外乎利益与感情。但就刘姥姥二进大观园宴席上发生的事而言，还是不能纯粹地解释为利益或是感情。刘姥姥在贾府中如此行事，虽然有贾府是高门大户、有钱有势的原因，但她也有出于好心成人之美的意思，同时她也给了鸳鸯借坡下驴的台阶，使鸳鸯不至于太过为难。反观贾府里的众人，虽然都被她的这个"段子"给逗乐了，似乎是在看刘姥姥的笑话，但她们对刘姥姥也不是单纯的嘲讽，同时也有着对底层人物的怜悯和同情的。在刘姥姥离开贾府时，贾府里的老太太、公子小姐和凤姐以及他们的丫鬟鸳鸯、平儿都送给刘姥姥很多银子、衣服、日用器皿等，这些也都是他们自愿拿出来送给刘姥姥的，说明也是出于真心而为之的。

　　所以总的说起来，贾府中人在宴会上对刘姥姥的笑话是真的，但对于弱势群体的关爱与照顾，也是真的，这便是《红楼梦》的高明之处了。

关园门事件凸显贾府人物矛盾

　　《红楼梦》第七十一回"嫌隙人有心生嫌隙，鸳鸯女无意遇鸳鸯"中提到，贾母八旬大寿之际，贾母只叫了史湘云、薛宝钗、薛宝琴、林黛玉、贾探春等人去见南安太妃。东府奶奶尤氏肚子饿了，先去荣国府的主事人王熙凤找吃的。结果凤姐不在，没有吃上饭。平儿给她点心，她没有吃。尤氏于是想经由荣国府的园里返回宁国府，看见园子的正门、角门都没有关上，便传来管家婆子。两个分菜果的婆子见是东府里的奶奶，也就不把她放在眼里，不去传唤。周瑞家的素日因与这两个婆子不睦，便告诉凤姐，借机传人捆住两个婆子，交马圈看守。之后引发的事就多了：邢夫人当众为两个婆子向凤姐求情，尤氏说凤姐多事，王夫人责令放了婆子，凤姐灰心落泪，鸳鸯于湖山石后遇见司棋与其表哥幽会，司棋求其超生，鸳鸯许诺不外传……

　　在这一回里，庆祝贾母八十岁寿辰期间，安南太妃要面见大观园的小姐们，贾母只叫带"史薛林以及三姑娘"来见客。为什么单叫她们见客？因为这几个姑娘都是贾母非常宠爱的，且与贾母关系最为亲近。由于只叫了三姑娘探春见客，却未叫上贾赦的女儿二姑娘迎春与东府的四姑娘惜春，这引起了邢夫人的不满，她便借题发挥对儿媳妇王熙凤进行批评和攻击，致使王熙凤抑郁生病。

晚上尤氏到了园中，"见园中正门与各处角门仍未关，犹吊着各色彩灯"，安全意识颇强的她便派人传管事婆婆关门关灯。就是这样一件小事，却引发了贾府的一场轩然大波。这反映了贾府表面上诗礼传家、繁华和睦，实际上主子之间、奴仆之间、嫡庶之间矛盾重重，比如这件事如果没有周瑞家的、费婆子等人的推波助澜，也就不会有后来的邢夫人对王熙凤的不满等事。这种大家族内部成员之间的"内耗"与不务正业，正是贾府由盛转衰的重要原因。

后文贾母的贴身大丫鬟鸳鸯在湖山石的后面遇见了迎春的丫鬟司棋正在和她的表哥幽会，便是道出了园门很晚仍未关上的真实缘由，与上文尤氏见到的情形相互呼应。

从细节处品味《红楼梦》主要人物的性格特征

《红楼梦》第五十一回"薛小妹新编怀古诗，胡庸医乱用虎狼药"和第五十二回"俏平儿情掩虾须镯，勇晴雯病补雀金裘"主要讲述的是丫鬟晴雯生病前后所发生的事。

第五十一回刚开始，大观园海棠诗社的社员们还在饶有兴致地吟诗作对，贾宝玉和林黛玉所作的诗中有几处隐约提及了《西厢记》里的相关内容。于是薛宝钗便装作自己不知道，但是林黛玉眼尖，直接戳穿了薛宝钗，说她明明知道《西厢记》，还假装不知道。从这里可以看出《西厢记》在当时是一本上不得台面的"杂书"，世家子弟所推崇的不是这类"杂书"，而是应付科举考试所必需的"四书五经"等儒家经典。从书中描写的这个细节也可以看出，薛宝钗私底下其实并不全然是多数人印象中那般知礼懂礼、好家教好修养的"完美人物"，她也有一些不为常人所知的"小心思"。林黛玉则是一位直来直去、眼里容不得半粒沙子、爱耍点小性子小脾气的姑娘，

　　而她的这种直性子也为她后来受排挤、不得志乃至郁郁
而终埋下了伏笔。

　　接下来书中描写了大丫鬟袭人在母亲生病后暂时离
开贾府，回家照顾母亲去了。偏偏就在这个节骨眼上，
另一位负责照顾贾宝玉日常起居的大丫鬟晴雯也生病
了。宝玉是一位极具爱心的公子哥，对全天下的女子都
有着怜爱之心。因此他心里着急，找来大夫给晴雯看病
开药，不料那个大夫是一个庸医，开的药方是药性极猛
的虎狼之药，如果按照这副药方服下去，估计晴雯这个
柔弱女子的病不但不见好，反而会伤了身子，病得更重。
宝玉非常生气地对药方进行了调整，将其中药性极猛的
几味药替换成了较为温和的药，然后让晴雯服下。从这
里也可以看出宝玉的细心之处。同时说明宝玉对于药理
知识还是略知一二的，古代大家族里的公子小姐读的书
多，各方面的知识也会比常人多出一些。

《红楼梦》里隐藏的血泪真相

"一喉二歌,一篇文字却有两意,是不可得之奇。"红楼梦的批语如是说。显然,在贾家故事的背后,还隐藏着另一番影射。正如作者曹雪芹所说:"曾历过一番梦幻之后,故将真事隐去,而借'通灵'之说,撰此《石头记》一书也。"

那么,《红楼梦》里的贾府到底隐藏着什么样的秘密呢?

有批语说道:"好知青冢骷髅骨,便是红楼掩面人。"《红楼梦》中,贾府风光无限的背后,实则隐藏着一个"白骨如山忘姓氏"的辛酸故事。

批语还说:"痴弟子正照风月鉴。""风月鉴"即"风月宝鉴"。《红楼梦》第十二回中写道:贾瑞想勾搭王熙凤,结果反而被她整得大病在床。道人送给贾瑞一面能治他重病的镜子,叫作"风月宝鉴",宝鉴正面能照出美人,反面则照出白骨。按照道人的叮嘱,贾瑞只能照镜子的反面,千万不能去照镜子的正面,这样大病才能康复。结果贾瑞一见到镜子反面呈现的白骨,就给吓了个半死。于是不顾道人的叮嘱，转过来去照镜子的正面。一看竟是个极为标致的美人，长得就像他日思夜想的王熙凤。镜子里的美人还向他招手，一个劲地叫他进去，贾瑞哪里抵抗得住这般诱惑，进去了几次，于是耗尽真气而亡。这就是"痴弟子正照风月鉴"的故事了。

　　整部《红楼梦》所隐藏的秘密也就如同这"风月宝鉴"一般，有着正反两面截然不同的内涵。如果你只看正面的"美人"，无非就是情啊，爱啊，姐姐呀，妹妹啦诸如此类的你侬我侬、儿女情长。那样的话，你就只能算作是一个痴弟子。《红楼梦》里虽然有着各式各样的"美人"，但那都只是表象。翻转"风月宝鉴"，则能看到其背后所隐藏着的"骷髅"，那才是作者想要诉说的故事真相。

　　《红楼梦》开头的批语就说："风月宝鉴"的名字是戒妄动风月之情。其实这风月之情，不仅指男女之事，更隐含着明清的历史真相。清代盛行"文字狱"且"市井俗人喜看理治之书者甚少，爱适趣闲文者特多"。所以作者把他心中理治劝世之书化成了闲文。在书中写到贾代儒老先生要毁"风月宝鉴"时，批语就说："凡野史俱可毁，独此书不可毁。" 可见这里将《红楼梦》等同于 "野史"
了。"以史为鉴, 可以正衣冠。"《红楼梦》其实正是借着
风流红粉之故事, 来影射明清时期血淋淋的现实。

　　再品 "风月宝鉴" 的内涵, 便又觉得有了更深一层的
体会。

跋扈骄悍的夏金桂

夏金桂是《红楼梦》前八十回里最后出场的一个重要角色。她没有进入金陵十二钗的排名，也没有留下一句判词和批语。但在对香菱的相关描述中，一直有夏金桂的影子。香菱的判词里有一句"自从两地生孤木"，便是对应夏金桂的"桂"字，"致使香魂返故乡"句，则是说明依曹雪芹的创作初衷，香菱的结局应该是被夏金桂虐待致死的。夏金桂有着和十二钗里其他女子一样的美貌丰姿，却是"外具花柳之姿，内藏风雷之性"。她性格泼辣、心肠歹毒，嫁入薛家后，让薛家上上下下吃尽了苦头。

夏金桂出身于户部世家，夏家不仅是户部挂名行商的皇商，还是户部数一数二的大门户。夏金桂是个被宠坏了的独生女，一个严重的利己主义者，视他人如粪土，视人命如儿戏，心狠手辣，不择手段。她兼具了王熙凤的毒和妒，却没有王熙凤的圆融和大气。她对谁都没有感情，连从小服侍她的丫头宝蟾，她也如敌人一般防范。

嫁到薛家之后，被夏金桂打击最多的就数香菱了。香菱是薛蟠的侍妾，是一位识大体、顾大局、温婉贤淑的

本分人，她低声下气，委曲求全，幻想着与明媒正娶过来
的夏金桂和平相处，哪怕是生活过得再卑微，也无怨无
悔。怎知夏金桂认定香菱是与她争宠的对象，出于嫉妒，
她便视香菱为眼中钉、肉中刺，百般折磨香菱，如同毒蛇
一般死死缠住香菱不放，使香菱的身心受到了严重的伤
害，最终惨死于她的魔爪之下。

　　夏金桂的"妒妇"形象不单体现在对香菱的无情逼
害上，她同样容不下宝蟾。按理说宝蟾是她的人，还是
她的心腹和陪嫁丫头，但是由于后来宝蟾也成了薛蟠的
侍妾，她在对付香菱的时候，就开始计划着下一步要收
拾宝蟾了，一点都不念及主仆之情。

　　夏金桂在造孽的路上越走越远，没有消停过一时半
刻。虽然出身于大家族，却丝毫没有大家闺秀的礼仪和
风范。不仅对身份卑微的香菱下手狠毒，对付起薛家的
几个主子来也是毫不手软。刚嫁到薛家时，她就处处找
薛宝钗的碴，不但改掉宝钗给香菱起的名，还时不时地
用各种言语刺激宝钗，百般挑衅薛宝钗。无奈宝钗实在
过于强大，强大到无懈可击的程度。夏金桂每每对宝钗
使出"重拳"，却只如同打在了棉花上面，根本就伤不

了宝钗。在宝钗那儿讨不到半点便宜之后，夏金桂便开始调转枪头，竭力地去降服薛蟠和薛姨妈。先是自己生出事来，然后向薛蟠各种撒泼，和他争吵、打架，处处辖制着薛蟠，将其收拾得服服帖帖。对于薛姨妈这个长辈，不尊敬倒也罢了，她还处心积虑地各种冒犯。要不是薛宝钗时时在旁劝慰，估计薛姨妈不被气死，也得大病一场。

夏金桂为什么执意要把婆家搅得天翻地覆、不得安宁呢？这样对她有什么好处呢？从现代的心理学角度来分析，如此没日没夜的闹腾，正是出于夏金桂内心的不安全感。按照书中的描写，她未出阁前也曾是个温柔腼腆的小姐。但是嫁到薛家之后，生活环境发生了变化，她面对的是一群素未谋面的陌生人，自我保护意识过强的她才做出了这种种过激的行为。在夏金桂的心中，唯有通过这种跋扈骄悍的表现，降伏薛家上下人等的心，自觉接受她的统治，她才能够安安稳稳地生活。为此，她千方百计地当上当家奶奶，在每一件事上都强出风头，想让婆家人不敢小看自己。她仗着自己带来的丰厚嫁妆在薛家吃五喝六，意图以此来巩固自己在薛家的地位。

但是由于她的才能终究配不上她的野心，到头来害人不成终害己，只落得个服毒身亡的可悲下场。

照耀中国大地的红星

——读《红星照耀中国》有感

　　《红星照耀中国》是一部在新闻史和报告文学史上都有着里程碑意义的作品，是美国记者埃德加·斯诺所著的有关中国共产党及其领导的工农红军的第一部采访实录。

　　1936 年，这名美国记者冒着生命危险，穿过了戒备森严的国民党防线，进入到华北的红色区域，只为探寻一个真实的红色中国。在险象环生的旅程中，斯诺不仅看到了哀鸿遍野、贫困腐朽的悲惨中国，更在与革命家、共产党人毛泽东、周恩来等的交谈中了解到他们为争取民族独立而进行的极其艰苦的斗争。他在苏区的所见所闻，解答了他对红军和革命政权的所有疑问，更令他对中国共产党人百折不挠、坚定执着的精神与信念以及远见卓识的历史眼光产生了由衷的钦佩。在这本书里我们不仅能看到斯诺对于记者职业精神的执着坚守，看到他对目标理想的不懈追求，更令人感动的是斯诺也因此产生了对红色中国的深深爱意，以至在他逝世后，他的一部分骨灰永远地留在了他曾经为之努力过的这片土地上。

　　斯诺的语言诙谐幽默，读来兴味盎然。比如他评价贺龙"说起话来能叫死人活过来打仗"；他形容邓发是"中国共产党秘密警察的头子"，有着一种黑豹的优美风格；他对周恩来的描写也很有意思，称他"个子清瘦，中等身材，骨骼小而结实，尽管胡子又黑又长，外表上仍不脱孩子气，又大又深的眼睛富有热情。他确乎有一种吸引力，似乎是羞怯、个人的魅力和领袖的自信的奇怪混合的产物。他讲英语有些迟缓，但相当准确。他对我说已有五年不讲英语了，这使我感到惊讶"。

　　《红星照耀中国》中令我人感动的地方很多，这里不妨做些说明。

　　我感动于毛泽东向斯诺口述的关于他和红军的故事。毛泽东非常多地讲述了他在少年时期、刚参加革命时期以及红军战士战斗的故事。作者运用人物形象描写，刻画出毛泽东的人物形象、性格特点和办事风格，从中可以发现毛泽东同志其实是一个没有架子、和蔼可亲的人。作者还描写了一处细节：在作者采访他的时候，毛泽东会不拘小节地做一些好像只有农民才会做的事情，看起来似乎有失礼节，但其实这才是毛泽东最贴近生活的真实样子。他不是我们想象中的那个英勇无畏、战无不胜的"战神"，而是一个有血有肉、实实在在的人，甚至在当时那个特定的时期背景下，还可以称他为一个普通的农民。毛泽东出身于一个农民家庭，所以他才最贴近人民群众，才更让人民群众相信他能够带领劳苦大众改变历史、建立新中国。

我感动于红军战士们的生活细节。书中介绍了红军战士们最真实的饮食起居以及学习的内容、集体的游戏。在命悬一线的危险处境中，他们仍然过着十分充实的生活。尽管他们的日子远远谈不上美好，但他们懂得发扬革命的乐观精神，在艰难的环境下苦中作乐。有几个在晚上熄灯后因想家而辗转反侧的战士也很是令我动容：他们也是父母的孩子也是孩子的父母。在那样一个战火纷飞的年代里，他们不畏艰险，舍小家为大家，抛妻别子去从事最危险的事业，如果没有崇高的革命理想，是不可能做到的。尽管有一些红军不识字，但在他们的脑子里却有着对革命十分清醒的觉悟。"红军不怕远征难"，我现在才明白这句话的意义：那个"不怕"是要有多么强的信念和意志，那个"难"又是我们多么难以想象的艰难困苦。红军把一生都奉献给了革命，是那个时代的拯救者，也是劳苦大众真正的知心人。

　　我更感动于那一群十岁左右就参了军的"红小鬼"。"红小鬼"是一群就像我们这般年纪的孩子，与我们快乐、幸福的童年不同，他们的童年是在硝烟弥漫的环境中度过的。在那个年代，十几岁的孩子就会去参军，并不是因为红军需要他们或者逼迫他们参军，而多半是父母亲自送他们去参军的，有的甚至是偷偷地从家里跑出来去参军的。那么幼小的孩子，就懂得了为人类解放奉献自己的深刻道理，真是太难得了。他们不怕苦、不怕累，就算是衣服不合身，生活环境不卫生，他们也从来不曾想过畏缩和逃跑。在他们身上，我看到了民族的希望、时代的希望，也因此令我对这群"红小鬼"们肃然起敬。

　　与地主阶级和剥削者眼中无恶不作、专坏"好事"的"坏人"不同，红军之于广大的劳苦大众，就像是"救星"：正是这群可爱的人们，带领全国人民推翻了旧社会，当家做了真正的主人。因此，每一位红军战士都是最可敬的英雄、无愧于时代的英雄！

　　红军就像红星，照耀着整个中国。

难忘那一场悲壮惨烈的战争
——观电影《长津湖》有感

国庆期间，爸爸妈妈带我去看了电影《长津湖》。看完这场电影，我的心情久久难以平复。

电影《长津湖》所描述的时代背景是：中华人民共和国成立之初，中国百废待兴，经济建设面临重重困难。就在这时，朝鲜战争爆发，朝鲜军队在美国的强大攻势下节节败退。同时，美国飞机多次侵入中国领空，轰炸丹东地区，战火即将烧到鸭绿江边。1950年10月8日，应朝鲜政府的请求，中国做出"抗美援朝、保家卫国"的决策，迅速组成中国人民志愿军入朝参战，只为"打得一拳开，免得百拳来"。

这似乎是一场势不均力不敌的战争。中国志愿军战士迎战的是美国的精锐部队，他们有着先进的武器和丰富的物资，开着侦察机和轰炸机一路巡航，一路轰炸。而我们的志愿军战士穿着单薄，顶着零下三四十摄氏度的严寒，昼伏夜出，一路躲避敌人的轰炸，悄无声息地扛着设备徒步前行。美军吃着烤鸡、喝着咖啡，一边享受

着感恩节的快乐，一边笑着扬言这场战争即将结束；而
志愿军战士只能在没有防寒服护身的情况下啃着硌牙的
冰土豆。就是在这样一场装备水平悬殊的敌我对抗中，
我志愿军战士硬是凭着坚定的信念、顽强的意志、卓绝
的智慧，击败了强大的美军"北极熊团"，赢得了长津湖
战役的胜利，并最终取得抗美援朝战争的胜利。

　　《长津湖》是一部史诗般的战争巨片，震撼人心的场
面不少。

　　一张凄苦与不舍的脸是震撼人心的。这是九兵团七
连连长伍千里母亲的脸，这是一张刻着凄苦与不舍的母
亲的脸。战争已夺去了她大儿子伍百里的生命，而她二
儿子伍千里刚刚回家，第二天就又要归队作战。她舍不
得二儿子伍千里再上战场，她担心二儿子会像大儿子一
样回不来。后来，她唯一留在身边的三儿子伍万里也追
随两位哥哥的足迹，勇敢地参加了抗美援朝战争，这位
母亲的担忧与不舍一定会更甚。可怜天下父母心呀！

　　两句意味深长的话是震撼人心的。伍万里作为新兵
被编入哥哥伍千里的连队。身为连长的伍千里对弟弟要
求十分严格，在伍万里的入连仪式上，就因为他没回答

出自己是七连中的第几名战士，伍千里就罚他站了一晚上，还告诉他"一个蛋从外面被敲开，注定会被吃掉。你要是能从里面自己啄开，很可能是只鹰"。正是因为有哥哥的严格要求激励着伍万里，他在战场上有了极其勇敢的表现。在与美军的第一次正面交锋时，为爆破美军的信号塔，伍万里与一名美军进行了殊死搏斗，最终伍万里禁受住了生死考验，不仅消灭了这名美军，更成长为一名战场上真正的勇士。伍千里的这句话告诉我们，当我们面临危险时，如果选择逃避，就只能坐以待毙，唯有沉着应战，才有机会化险为夷。还有一句震撼人心的话是影片中七连指导员梅生所说的："这场仗，如果我们不打，就是我们的下一代要打。我们出生入死，为的就是他们不再打仗。"是呀，没有革命先辈们的浴血奋战，哪有我们如今的太平盛世和美好生活？

　　三个悲壮惨烈的战争场面是震撼人心的。行军途中，我军遭遇敌军轰炸，只能躺在死人堆里装死，任由飞行员机枪扫射。而美军飞行员却以"十美元"为赌注，比赛谁炸到的"死人"多。几个来回下来，很多刚走出国门的战士就这样永远倒下了。在七连与"北极熊团"间进行的一场遭遇战中，美空军向我军投下了标识弹，我军战士顿时暴露在了所有敌机的眼皮底下，牺牲十分惨重。老战士"雷公"为了帮助战友们脱险，把标识弹挖出来并开车送到无人的地方。战士们得救了，他却成了敌机的"枪靶子"，全身被炸得血肉模糊。看到这里，我早已泣不成声。"雷公"以牺牲自己的血肉之躯为代价，保全了整个连队，这是多么伟大的集体精神啊！电影的最后，美国空军在撤退的路上发现了中国军队，一排排衣着单薄的志愿军战士，俯卧在零下四十摄氏度的阵地上，他们以战斗队形排列着，每个人都手执武器，至死都保持着战斗的姿势，坚定地注视前方，以生命铸就了"冰雕连"的光荣称号。美军空军部总指挥员看到这一幕，都不禁摘下手套，敬了一个标准的军礼，并说了一句："我们永远不可能战胜这样的军队。"

为了保家卫国，志愿军战士们英勇无畏，前仆后继，以热血和生命捍卫了祖国的尊严，他们是这个世界上最可爱的人，值得我们每一个中华儿女的尊敬和爱戴！伟大的抗美援朝精神历久弥新！伟大的中国人民志愿军烈士永垂不朽！

对于"生于红旗下，长在春风里"的我们而言，一定要好好珍惜新时代的和平时光，继承和发扬抗美援朝精神，以青春之名，书写清澈挚爱，以心中红星，献礼盛世中华，把我们的祖国建设得更加繁荣昌盛！